AS ÚLTIMAS CARTAS DE JACOPO ORTIS

*coleção*

**MEMÓRIAS DO FUTURO**

# AS ÚLTIMAS CARTAS DE JACOPO ORTIS

## UGO FOSCOLO

**TRADUÇÃO**
*Andréia Guerini*
*Karine Simoni*

ORGANIZAÇÃO E APRESENTAÇÃO DE
**Marco Lucchesi**

**ROCCO**
JOVENS LEITORES

Título original
LE ULTIME LETTERE DI JACOPO ORTIS

*Copyright* da organização © 2015 *by* Marco Lucchesi

Direitos desta edição reservados à
EDITORA ROCCO LTDA.
Av. Presidente Wilson 231 – 8º andar
20030-021 - Rio de Janeiro, RJ
tel.: (21) 3525-2000 - Fax: (21) 3525-2001
rocco@rocco.com.br | www.rocco.com.br

*Printed in Brazil*/Impresso no Brasil

ROCCO JOVENS LEITORES

| | |
|---|---|
| GERENTE EDITORIAL<br>Ana Martins Bergin | ASSISTENTES<br>Gilvan Brito (arte)<br>Silvânia Rangel (produção gráfica) |
| EQUIPE EDITORIAL<br>Elisa Menezes<br>Larissa Helena<br>Manon Bourgeade (arte)<br>Milena Vargas<br>Viviane Maurey | REVISÃO<br>Sophia Lang<br>Wendell Setubal |

preparação de originais
ROSELI DORNELLES

---

Cip-Brasil. Catalogação na fonte.
Sindicato Nacional dos Editores de Livros, RJ.

Foscolo, Ugo
F853u    As últimas cartas de Jacopo Ortis / Ugo Foscolo; organização Marco Lucchesi; tradução Andréia Guerini, Karine Simoni. Primeira edição. Rio de Janeiro: Rocco Jovens Leitores, 2015.
(Memórias do futuro)
Tradução de: Le ultime lettere di Jacopo Ortis
ISBN 978-85-7980-218-8
1. Romance italiano. I. Lucchesi, Marco, 1963-. II. Guerini, Andréia, 1966-. III. Simoni, Karine 1979-. IV. Título.
14-16240         CDD: 853         CDU: 821.131.1-3

---

O texto deste livro obedece às normas do
Acordo Ortográfico da Língua Portuguesa.

## SUMÁRIO

*Apresentação* — 7

As últimas cartas de Jacopo Ortis — 11

Primeira parte — 13

Segunda parte — 137

*Notas* — 237

# APRESENTAÇÃO

A figura de Jacopo Ortis é o retrato de uma geração ferida em seus ideais, quando os italianos "lavavam as mãos no sangue dos italianos". É o canto de cisne de um mundo que morreu antes mesmo de nascer, consumado nos sonhos de liberdade que imediatamente naufragaram. Eis a matéria deste romance epistolar, parcialmente biográfico, nas cartas e leituras que marcaram seu autor, que vão de *Os sofrimentos do jovem Werther*, de Goethe, a *A nova Heloísa*, de Rousseau. *As últimas cartas de Jacopo Ortis* é um livro moço, cheio de furor, sem meias-tintas, entre tudo ou nada, sem hesitação e cálculo, diante do abismo para o qual se encaminha com desassombro.

O autor, Ugo Foscolo, respirou os ventos de liberdade e insubmissão projetados em Napoleão Bonaparte, que desce à Itália com a promessa de pôr fim às tiranias locais. Tempos de entusiasmo para o poeta, que sonha com uma Itália viva e independente, onde o orgulho do passado empreste sentido heroico aos tempos que correm.

O sonho, todavia, se desfaz com o **Trata**do de Campoformio, de 1797, por meio do qual **Napo**leão cede Veneza para a Áustria. Com o fim das **esperanças**, não resta a Ugo senão abandonar a cidade, fixando-se nas colinas próximas de Pádua, nos bosques por onde passou Petrarca. Ugo flertava com a glória, devastado por amores dolorosos, meditando a morte e a solidão profunda em que se encontrava.

Assim como Foscolo, o personagem Jacopo Ortis também se desilude com Bonaparte e busca refúgio numa pequena aldeia perdida nas colinas Eugâneas, na Itália. Lá, vem a conhecer Teresa, pela qual se enamora perdidamente num ambiente paradisíaco. Amor correspondido que se resume no primeiro e último beijo, porque o senhor T\*\*\*, pai de Teresa, à beira da ruína financeira, arranjara o casamento da filha com o marquês Odoardo.

Ferido duplamente, no amor e na política, Ortis decide peregrinar pelas cidades da península, num percurso revestido de grande simbologia, dentro de uma Itália que ainda não existe. Se o presente lhe foge das mãos, nas derrotas infligidas, o passado é depositário de esplêndidos tesouros, capazes de dar-lhe alguma espécie de consolo.

Visita o túmulo de Dante, em Ravena, poeta igualmente exilado, que legou à posteridade uma pátria linguística e poética. Vai aos sepulcros dos grandes vultos, na igreja de Santa Croce, em Florença, bem como, em Milão, visita o de Giuseppe Parini, uma das maiores reservas morais e poéticas daquela época, que, profundamente cético acerca dos destinos da Itália, censurava "as paixões lânguidas e degeneradas numa indolente e vergonhosa corrupção: não mais a sagrada hospitalidade, a benevolência, o amor filial...".

Se *As últimas cartas de Jacopo Ortis* guarda semelhanças com *Werther* e *Heloísa*, não passam da superfície narrativa. É outro o cenário de Foscolo, em que tudo transpira exílio e morte, em que a política não se deixa absorver pela esfera dos sentimentos. As correntes frias da História dissolvem o presente, revelando o efêmero do que somos e do que nos cerca.

Jacopo Ortis escreve a certa altura: "Não sei nem por que vim ao mundo, nem como, nem o que é o mundo, nem o que eu mesmo sou para mim." Traço metafísico de quem busca "em vão medir com a mente estes imensos espaços do universo que me circundam", assim como faria pouco depois a poesia de Giacomo Leopardi, que, tal como Ortis, se depara também com "infinitos por toda parte", que o "absorvem como um átomo".

Este belo conjunto de cartas abriu um horizonte novo na literatura do nascente século XIX, narrativa que responde em cheio a questões de ordem política e poética, a cujas páginas se voltaram os jovens da geração seguinte, que lutaram para a unificação da Itália.

Marco Lucchesi

# AS ÚLTIMAS CARTAS DE JACOPO ORTIS

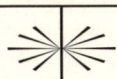

## Ao leitor

*Ao publicar estas cartas, tento erguer um monumento à virtude desconhecida e consagrar à memória do meu único amigo o pranto que agora estou proibido de derramar sobre a sua sepultura. Você, ó Leitor, se não é um desses que exige dos outros o heroísmo de que não é capaz, concederá, espero, a sua compaixão ao jovem infeliz, de quem talvez possa tirar exemplo e conforto.*

LORENZO ALDERANI

# PRIMEIRA PARTE

*A liberdade almeja, que é tão cara*
*Sabe-o bem quem por ela a vida rejeita.*

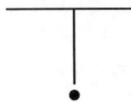

### Das colinas Eugâneas, 11 de outubro de 1797

O sacrifício da nossa pátria está consumado: tudo está perdido, e a vida, nos tendo sido concedida, servirá apenas para chorar as nossas desgraças e a nossa infâmia. O meu nome está na lista dos proscritos, eu sei; mas por isso, para me salvar de quem me oprime, devo confiar em quem me traiu? Console minha mãe: vencido por suas lágrimas a obedeci e deixei Veneza para evitar as primeiras e mais ferozes perseguições. Agora devo abandonar também esta minha antiga solidão, na qual, sem perder de vista o meu desventurado país, posso ainda ter a esperança de alguns dias de paz? Você me atemoriza, Lorenzo; quantos são, então, os desventurados? E nós, infelizmente, nós, os próprios italianos, lavamos as mãos no sangue dos italianos. Para mim, venha o que vier. Visto que perdi a esperança na minha pátria e em mim, espero tranquilamente a prisão e a morte. O meu cadáver, ao menos, não cairá em braços estrangeiros; meu nome será humildemente chorado por poucos homens, companheiros das nossas misérias, e meus ossos repousarão sobre a terra dos meus antepassados.

## 13 de outubro

Suplico, Lorenzo, não insista mais. Decidi não me afastar destas colinas. É verdade que prometi à minha mãe me refugiar em algum outro país, mas não tive ânimo. Ela me perdoará, espero. Por acaso a vida merece ser conservada com a covardia e com o exílio? Oh, quantos dos nossos compatriotas se lamentarão arrependidos, longe de suas casas! Porque o que mais poderíamos esperar senão indigência e desprezo ou, no máximo, uma breve e estéril compaixão, o único conforto que as nações civilizadas oferecem ao refugiado estrangeiro? Mas onde procurarei asilo? Na Itália? Terra prostituída, eterno prêmio da vitória. Poderia eu me ver diante dos olhos daqueles que nos despojaram, escarneceram, venderam, e não chorar de ira? Devastadores de povos, servem-se da liberdade como os papas se serviam das cruzadas. Ai! Tantas vezes desesperado por vingança, eu cravaria uma faca no meu coração para derramar todo o sangue entre os últimos sibilos de minha pátria.

E esses outros? – Compraram nossa escravidão, recuperando com o ouro aquilo que estúpida e vilmente perderam com as armas. – Eu pareço mesmo um daqueles mal-aventurados que, dados por mortos, foram enterrados vivos e, depois revividos, viram-se no túmulo, entre as trevas e os esqueletos, certos de viverem, mas desesperados pela doce luz da vida e forçados a morrer entre as blasfêmias e a fome. E por que nos fazem ver e sentir a liberdade, para depois virá-la contra nós para sempre? E infamemente!

## *16 de outubro*

Agora vamos, não falemos mais disso: a tempestade parece aplacada; se o perigo voltar, tenha certeza, buscarei todas as formas de escapar dele. De resto, vivo tranquilo, o quanto se pode estar tranquilo. Não vejo viva alma: vago sempre pelo campo, mas, para dizer a verdade, penso e me aflijo. Mande-me algum livro.

Que faz Lauretta? Pobre menina! Estava fora de si quando parti. Bela e jovem ainda, mas já com a razão doente e o coração infeliz, infelicíssimo. Eu não a amei; mas, fosse por compaixão ou reconhecimento por ela ter me escolhido o único consolador do seu estado, derramando em meu peito toda a sua alma, os seus erros e martírios – realmente eu a teria feito, com prazer, a companheira de toda a minha vida. O destino não quis, melhor assim, talvez. Ela amava Eugenio, e ele morreu em seus braços. Seu pai e seus irmãos tiveram que fugir da pátria, e aquela pobre família destituída de qualquer socorro humano passou a viver, quem sabe como! De pranto. Aí está, ó Liberdade, mais uma vítima. Sabe que eu lhe escrevo, Lorenzo, chorando como um menino? – Uma pena! Tive sempre que lidar com os mesquinhos; e se às vezes encontrei uma pessoa de bem, precisei sempre lamentar por ela. Adeus, adeus.

### 18 de outubro

Michel me trouxe o Plutarco, e lhe agradeço. Disse-me que em outra ocasião você me enviará algum outro livro; por ora basta. Com o divino Plutarco poderei me consolar dos delitos e das desgraças da humanidade, voltando os olhos aos poucos ilustres que, quase primazes do gênero humano, dominaram tantos séculos e tantos povos. Ademais, temo que, despojando-os da magnificência histórica e da reverência pela antiguidade, não terei muito para louvar nem aos antigos, nem aos modernos, nem a mim mesmo – raça humana!

### 23 de outubro

Embora ter esperança nunca tenha me trazido paz, eu encontrei a paz, ó Lorenzo. O pároco, o médico e todos os mortais desconhecidos deste cantinho da terra me conhecem desde que eu era menino e me amam. Ainda que eu viva como fugitivo, todos se aproximam, quase como se quisessem amansar uma fera generosa e selvática. Por ora, deixo estar. Não recebi tanto bem dos homens a ponto de confiar neles de imediato; mas aquele modo de levar a vida do tirano, que treme e teme ser degolado a cada minuto, parece-me um agonizar em uma morte lenta, vergonhosa. Eu sento com eles ao meio-dia sob o plátano da igreja e leio em voz alta as vidas de Licurgo e Timoleão. Domingo se reuniram ao meu redor todos os camponeses e, mesmo sem compreender de fato, estavam ali me escutando de boca aberta. Acredito que o desejo de saber e recontar a história dos tempos passados seja filho do nosso amor próprio, que gostaria de se iludir e prolongar a vida, unindo-nos aos homens e às coisas que não existem mais e fazendo-as, por assim dizer, nossas. A imaginação ama se distanciar nos séculos e possuir outro universo. Com que paixão um velho trabalhador me narra, esta manhã, a vida dos párocos do vilarejo na época da sua infância e me descrevia os danos da tempestade de trinta e sete anos atrás, e os tempos da abundância, e os da fome, rompendo o fio do discurso de vez em quando, retomando-o e desculpando-se pela infidelidade! Assim consigo esquecer-me de que eu vivo.

Veio me visitar o senhor T\*\*\*, que você conheceu em Pádua. Disse-me que você fala de mim com frequência e que outro dia você lhe escreveu. Também ele se recolheu ao campo para evitar os primeiros furores da plebe, embora não esteja muito envolvido nos assuntos públicos. Eu tinha ouvido falar dele como um homem de inteligência culta e de suma honestidade, dotes temidos no passado, mas agora não possuídos impunemente. Tem trato cortês, fisionomia liberal e fala com o coração. Estava com ele um senhor; acredito que o noivo de sua filha. Talvez seja um bravo e bom jovem, mas seu rosto não diz nada. Boa noite.

### 24 de outubro

Eu uma vez até agarrei pelo pescoço aquele camponesinho delinquente que devastava a nossa horta, cortando e quebrando tudo o que não podia roubar. Ele estava em cima de um pessegueiro, eu, sob uma pérgola. Ele quebrava alegremente os ramos ainda verdes, porque frutas não havia mais. Logo que o prendi entre as mãos, começou a gritar: Misericórdia! Confessou-me que há várias semanas fazia aquele desgraçado serviço, porque o irmão do horticultor havia alguns meses roubara um saco de favas de seu pai. – E seu pai lhe ensina a roubar? – Dou a minha palavra, senhor, fazem todos assim. Deixei-o ir e, saltando uma sebe, eu gritava: Esta é a sociedade em miniatura, são todos assim.

### 26 de outubro

Eu a vi, ó Lorenzo, *aquela divina moça*, e agradeço a você por isso. Encontrei-a sentada, pintando o próprio retrato. Levantou-se e cumprimentou-me como se me conhecesse e pediu a um empregado que fosse procurar seu pai. Ele não esperava, disse-me ela, que o senhor viesse; deve estar pelo campo, não demorará a voltar. Uma menininha correu até seus joelhos dizendo-lhe algo no ouvido. É um amigo de Lorenzo, respondeu-lhe Teresa, é aquele que o papai foi encontrar anteontem. Nesse intervalo, o senhor T*** retornou: acolhia-me familiarmente, agradecendo-me por ter me lembrado dele. Teresa, enquanto isso, pegando pela mão a irmãzinha, saiu. Veja, disse-me ele, apontando-me as filhas que saíam da sala, somos só nós. Proferiu essas palavras, parece-me, querendo me fazer notar que sentia falta da esposa. Não disse o nome dela. Conversamos longamente. Quando eu já ia me despedir, Teresa retornou: não moramos tão longe, disse-me, venha estar conosco alguma noite.

Voltei para casa com o coração em festa. O quê? Será que o espetáculo da beleza basta para adormecer em nós, tristes mortais, todas as dores? Encontre para mim uma fonte de vida: única certamente e, quem sabe, fatal! Mas, se estou predestinado a ter a alma em perpétua turbulência, não é a mesma coisa?

### 28 de outubro

Cale, cale. Há dias em que não posso confiar em mim: um demônio me faz arder, me agita, me devora. Talvez eu acredite muito em mim mesmo, mas me parece impossível que a nossa pátria seja tão espezinhada enquanto nos resta ainda uma vida. O que fazemos todos os dias vivendo e brigando uns com os outros? Em suma, não me fale mais disso, eu imploro. Você me narra todas as nossas misérias para me censurar porque eu fico aqui, indolente? E não se dá conta de que me dilacera entre mil martírios? Oh! Se o tirano fosse apenas um, e os servos fossem menos estúpidos, a minha mão bastaria. Mas quem hoje me censura de covardia me acusaria, então, de delito; e o próprio sábio lamentaria em mim o furor insensato em vez do conselho do forte. Que quer você empreender contra duas poderosas nações que, inimigas juradas, ferozes, eternas, unem-se apenas para nos acorrentarem? Onde as suas forças não valem, uns nos enganam com o entusiasmo da liberdade; outros, com o fanatismo da religião. E nós todos, esgotados pela antiga servidão e pela nova licença, gememos, vis escravos, traídos, esfomeados, e jamais provocados pela traição e pela fome. – Ah, se eu pudesse, enterraria minha casa, os meus familiares e a mim mesmo para não deixar nada, nada que pudesse orgulhá-los da sua onipotência e da minha servidão! Houve povos que, para não obedecer aos Romanos, ladrões do mundo, atearam fogo às suas casas, às suas esposas, aos seus filhos e a si mesmos, soterrando a sagrada independência entre as gloriosas ruínas e as cinzas de sua pátria.

## 1 de novembro

Estou bem, bem por ora, como um enfermo que dorme e não sente dores, e passo os dias inteiros na casa do senhor T\*\*\*, que me ama como a um filho. Deixo-me iludir, e a evidente felicidade daquela família me parece real e é como se fosse minha. Se, todavia, não existisse aquele noivo, porque, na verdade, eu não odeio pessoa alguma no mundo, mas existem certos homens que preciso ver só de longe. Seu sogro, ontem à noite, ia tecendo sobre ele um longo elogio em forma de carta de recomendação: *bom, fiel, paciente*! E nada mais? Mesmo que ele possuísse essas qualidades com angelical perfeição, se ele mantiver o coração sempre tão morto e aquele semblante solene, nunca animado nem pelo sorriso da alegria nem pelo doce silêncio da piedade, será para mim como um daqueles roseirais sem flores que me fazem temer os espinhos. O que é o homem se você o abandona apenas à razão fria, calculista? Patife, muito patife. De resto, Odoardo conhece música, joga bem xadrez, come, lê, dorme, passeia, tudo com o relógio nas mãos, e não fala com ênfase senão para engrandecer a sua rica e seleta biblioteca. Mas enquanto ele fica repetindo para mim, com aquela sua voz catedrática, *rica e escolhida*, me sinto a ponto de lhe dar uma solene desmentida. Se os delírios humanos, que, com o nome de *ciências* e de *doutrinas*, foram escritos e publicados em todos os séculos e por todos os povos, fossem reduzidos a um milhar de volumes no máximo, parece-me que a presunção dos mortais não teria do que se queixar – e continuava sempre com essas conversas.

Enquanto isso, comecei a educar a irmãzinha de Teresa: estou ensinando-a a ler e a escrever. Quando estou com ela, a minha fisionomia vai se acalmando, o meu coração fica mais festivo do que nunca, e faço mil estripulias. Não sei por que, mas todas as crianças me querem bem. E aquela menininha é tão querida! Com cabelos loiros e encaracolados, olhos azuis, bochechas cor-de-rosa, jovial, cândida, gorducha, parece uma Graça, uma deusa da beleza de quatro anos. Se você a visse correr na minha direção, abraçar-se aos meus joelhos, fugindo de mim para que eu a persiga, negar-me um beijo e depois, imprevisivelmente, estalar os pequenos lábios na minha boca! Hoje eu estava no topo de uma árvore para colher frutas: aquela criaturinha estendia os braços e, balbuciando, me suplicava *que, por favor, eu não caísse.* Que belo outono! Adeus Plutarco! Fica sempre fechado debaixo do meu braço. Há três dias que eu perco a manhã a encher um cesto de uvas e de pêssegos, que cubro de folhas, e depois sigo pelo riozinho, e, ao chegar à casa de campo, acordo toda a família cantando a canção da colheita.

## 12 de novembro

Ontem, dia de festa, transplantamos com solenidade os pinheiros das pequenas colinas próximas para o monte em frente à igreja. Meu pai também tentava fecundar aquele estéril morrinho, mas os ciprestes que ele colocou ali nunca puderam se enraizar, e os pinheiros são ainda muito jovens. Auxiliado por vários trabalhadores, eu coroei o cume por onde cai a água com cinco choupos, sombreando a costa oriental com um denso e pequeno bosque, que será o primeiro a ser cumprimentado pelo Sol quando ele esplendidamente aparecer no cume dos montes. E justamente ontem, o Sol, mais sereno do que o habitual, aquecia o ar enrijecido pela névoa do fim do outono. As jovens camponesas vieram ao meio-dia com seus aventais de festa, entrelaçando os jogos e as danças com canções e brindes. Uma delas era a recém-casada; outra, a filhinha; outra ainda era a apaixonada por um dos trabalhadores. Você sabe que os nossos camponeses costumam, na época de transplante, converter a fadiga em prazer, acreditando, por antiga tradição dos seus avós e bisavós, que sem o repouso dos copos as árvores não podem firmar raiz em terra estrangeira. Enquanto isso, eu contemplava no futuro distante um dia semelhante de inverno, quando eu, de cabelos brancos, virei, passo a passo, com minha bengalinha, a me confortar aos raios do sol tão caro aos velhos: cumprimentando, na saída da igreja, os curvados moradores, meus companheiros desde os dias em que a juventude revigorava nossos membros; e servindo-me dos frutos que, embora tarde, terão produzido as árvores plantadas por meu pai. Contarei, então, com a voz fraca, nossas humildes histórias aos meus e aos seus netinhos, ou aos de Teresa, que brincarão ao meu redor. E quando os meus ossos frios dormirem naquele pequeno bosque, tão rico e sombreado como nunca, talvez nas noites de verão, ao patético sussurrar das frondes se unirão os suspiros dos antigos antepassados do vilarejo, os quais, ao som do sino dos mortos,[1] rezarão pela paz do espírito do homem de bem e recomendarão a sua memória aos seus filhos. E se algumas vezes o cansado ceifador vier revigorar-se do calor de junho, exclamará olhando a minha sepultura: *Foi ele que ergueu estas frescas sombras hospitaleiras!* – Ó ilusões! E quem não tem pátria como poderá dizer "deixarei aqui ou ali as minhas cinzas"?

> Ditosos! A nenhuma a dor sufoca
> Esperando o esposo, que roubou-lhe a França,
> Nem o jazigo ignora, que lhe toca.[2]

### *20 de novembro*

Mais de uma vez comecei esta carta; porém as coisas por fazer se acumulavam, e o belo dia, e a promessa de passar algum tempo na casa de campo, e a solidão – você ri? – Anteontem, e ontem, eu acordei com o propósito de lhe escrever e, sem me dar conta, estava fora de casa.

Chove, graniza, relampeja: penso em me resignar à necessidade e aproveitar este dia infernal escrevendo para você. Seis ou sete dias atrás saímos em peregrinação. Eu vi a Natureza mais bela do que nunca. Teresa, seu pai, Odoardo, a pequena Isabellina e eu fomos visitar a casa de Petrarca em Arquá. Arquá fica, como você sabe, a quatro milhas da minha casa; mas para encurtar o caminho tomamos a estrada da encosta. Acabara de se abrir o mais belo dia de outono. Era como se a Noite, seguida pela escuridão e pelas estrelas, fugisse do Sol, que saía no seu imenso esplendor das nuvens do oriente, como o dominador do universo; e o universo sorria. As nuvens douradas e pintadas de mil cores subiam sobre a abóbada do céu que, sereno, parecia se abrir para difundir sobre os mortais os cuidados da Divindade. Eu, a cada passo, cumprimentava a família de flores e de ervas que, pouco a pouco, levantavam a cabeça curvada pela geada. As árvores, sussurrando suavemente, faziam tremer contra a luz as gotas transparentes do orvalho, enquanto os ventos da aurora enxugavam a seiva excessiva das plantas. Você teria ouvido uma solene harmonia expandir-se em confusão entre as selvas, os pássaros, os rebanhos, os rios e o cansaço dos homens; e, ao mesmo tempo, soprava o ar perfumado pelas exalações que a terra exultante de prazer mandava dos vales e dos montes ao Sol, ministro maior da Natureza. Tenho pena do desgraçado que consegue despertar mudo, frio e olhar tantos benefícios sem sentir seus olhos banhados pelas lágrimas de reconhecimento. Então vi Teresa no mais belo esplendor das suas graças. Seu semblante, habitualmente disperso por uma doce melancolia, por uma alegria genuína, viva, que lhe saía do coração; sua voz estava embargada; os grandes olhos negros, de início abertos no êxtase, logo se umedeceram pouco a pouco. Todos os seus poderes pareciam invadidos pela sagrada beleza do campo. Com tanta abundância de afetos, as almas se abrem para derramá-los no peito do outro, e ela se voltava para Odoardo. Deus Eterno! Parecia que ele tateava entre as trevas da noite ou nos desertos abandonados pela bênção da Natureza. Deixou Odoardo de repente e se apoiou no meu braço, dizendo-me – mas, Lorenzo! Por mais que eu tente continuar, convém mesmo que me cale. Se eu pudesse descrever a sua pronúncia, os seus gestos, a melodia da sua voz, a sua fisionomia celeste, ou ao menos recopiar suas palavras sem mudá-las, ou mover suas sílabas, decerto você me seria grato; mas, ao contrário, desaponto inclusive a mim mesmo. Que benefício há em copiar imperfeitamente um quadro inimitável, cuja fama transmite mais sentido do que a sua mísera cópia? Você não acha que estou parecendo os poetas tradutores de Homero? Pode ver que eu não me canso, a não ser de diluir o sentimento que me inflama e dissolvê-lo num lânguido fraseado.

Lorenzo, estou cansado disso; amanhã mando o que resta da minha história. O vento enfurece, mesmo assim vou experimentar o caminho, cumprimentarei Teresa em seu nome.

Por Deus! Sou forçado a prosseguir nesta carta: na saída de casa há uma poça d'água que me impede a passagem. Poderia atravessá-la com um salto, mas e depois? A chuva não cessa: já passa de meio-dia, e faltam poucas horas para a noite que ameaça o fim do mundo. Hoje o dia está perdido, ó Teresa.

Não sou feliz!, disse-me Teresa; e com essa palavra dilacerou meu coração. Eu caminhava ao seu lado em profundo silêncio. Odoardo alcançou o pai de Teresa; eles nos precediam, conversando. Isabellina vinha atrás de nós no colo do horticultor. *Não sou feliz!* Eu tinha concebido todo o terrível significado dessas palavras, e minha alma gemia, vendo adiante a vítima que devia se sacrificar por preconceitos e interesses. Teresa, percebendo como eu estava taciturno, mudou o tom de voz e tentou sorrir: Alguma memória feliz, disse-me ela – mas baixou de imediato os olhos –, eu não me atrevi a responder.

Já estávamos em Arquá e, ao descer pela encosta verde, perdíamos de vista as aldeias que pouco antes víamos dispersas pelos vales. Finalmente chegamos a uma alameda circundada, de um lado, por choupos que, tremulando, deixavam cair sobre nossas cabeças as folhas mais amareladas, e sombreada, no outro lado, por altíssimos carvalhos que, com a sua opacidade silenciosa, contrastavam com aquele ameno verde dos choupos. De quando em quando, as duas fileiras de árvores opostas eram unidas por vários ramos de videira silvestre, as quais, encurvando-se, formavam outras tantas guirlandas ligeiramente agitadas pelo vento da manhã. Teresa, então, parou e olhou ao redor: Oh, quantas vezes, irrompeu, deitei-me sobre este gramado e sobre a sombra fresquíssima destes carvalhos! Eu vinha aqui constantemente com minha mãe no verão passado. Calou-se e virou para trás, dizendo querer esperar por Isabellina, que tinha se distanciado um pouco de nós; mas suspeitei que ela tivesse me deixado para esconder as lágrimas que lhe inundavam os olhos e talvez não pudesse mais conter. Mas, e por quê, disse-lhe eu, por que sua mãe nunca está aqui? – Há várias semanas que vive em Pádua com a irmã, mora separada de nós e talvez para sempre! Meu pai a amava, mas desde que ele se obstinou em querer me dar um marido que não posso amar a concórdia desapareceu da nossa família. Minha pobre mãe, depois de ter se contraposto em vão a esse casamento, afastou-se para não participar da minha necessária infelicidade. Enquanto isso, fui abandonada por todos! Prometi a meu pai e não quero desobedecê-lo, mas me dói ainda mais saber que, por minha causa, nossa família está tão desunida – por mim, paciência! – E com essas palavras, as lágrimas lhe caíam dos olhos. Perdoe-me, acrescentou, eu precisava desabafar este meu coração angustiado. Não posso escrever para minha mãe, nem jamais receber suas cartas. Meu pai, orgulhoso e absoluto nas suas resoluções, não quer ouvir o nome dela; ele, no entanto, continua replicando que ela é a sua e a minha pior inimiga. Todavia, sinto que não amo, que nunca vou amar esse noivo que já me foi *decretado* – imagine, ó Lorenzo, como me senti naquele momento. Eu não sabia nem confortá-la, nem responder-lhe, nem aconselhá-la. Por favor, retomou, não se aflija, suplico-lhe! Eu confiei no senhor a necessidade de encontrar alguém que seja capaz de ter piedade de mim – uma simpatia –, pois não tenho ninguém além do senhor. – Ó anjo! Sim, sim! Pudesse eu chorar para sempre e enxugar assim as suas lágrimas! Esta minha miserável vida é sua, toda: eu a consagro a você e a consagro à sua felicidade!

Quantos problemas, meu Lorenzo, em uma só família! Veja a obstinação no senhor T\*\*\*, que, de resto, é um ótimo cavalheiro. Ama profundamente sua filha, com frequência a exalta e a olha com satisfação; no entanto, mantém a guilhotina sobre o pescoço dela. Alguns dias depois, Teresa me contou como ele, dotado de uma alma ardente, sempre viveu consumido por paixões infelizes;

desequilibrado na sua economia doméstica por excesso de magnificência; perseguido por aqueles homens que, nas revoluções, plantam a própria sorte sobre a ruína dos outros e, receoso pelos filhos, acredita melhorar o estado da sua casa se aparentando a um *homem de bom senso*, rico e à espera de uma herança considerável. Talvez, ó Lorenzo, também por um pouco de vaidade; e eu gostaria de apostar cem contra um que ele não daria sua filha em casamento a quem faltasse meio quarto de nobreza: *quem nasce patrício morre patrício*. Por isso, ele considera a oposição da mulher um atentado à própria autoridade, e esse sentimento tirânico o torna ainda mais inflexível. Apesar disso, tem um grande coração. Aquele seu ar sincero e aquele modo de acariciar sempre a sua filha e, às vezes, consolá-la em voz baixa, mostram que ele vê e se lamenta da dolorosa resignação daquela pobre menina. E, por isso, quando vejo como, por fatalidade, os homens buscam as desgraças com a lanterna e como vigiam, suam, choram para fabricá-las para si mesmos, sempre mais dolorosas, eternas. Eu estouraria os meus miolos temendo que se enfiasse na minha cabeça semelhante tentação.

Deixo-o, ó Lorenzo; Michel me chama para almoçar: voltarei a escrever, se não puder de outro modo, daqui a pouco.

O mau tempo se dissipou e faz o mais belo início de tarde do mundo. O Sol enfim rompe as nuvens e consola a melancólica **Natureza**, difundindo sobre o rosto dela um raio seu. **Escrevo-lhe** da varanda, de onde contemplo a eterna **luz** que vai pouco a pouco se perdendo no extremo horizonte todo radiante de fogo. O ar agora é tranquilo; e o **campo**, embora alagado, coroado apenas de árvores já **sem** folhas e coberto de plantas abatidas, parece mais **alegre** do que antes da tempestade. Assim, ó Lorenzo, o **desa**fortunado se livra das suas funestas preocupações **apenas** vislumbrando a esperança e engana a sua **triste** ventura com os prazeres aos quais era de fato insensível no ventre da cega prosperidade. Enquanto isso, **o** dia me abandona: ouço o sino da noite, por isso aqui estou para dar um fim ao meu relato. Prosseguimos **com** nossa breve peregrinação até que nos apareceu **de** longe a casinha que um tempo abrigou

> aquele Grande a cuja fama é limitado o mundo,
> pela qual Laura teve na terra honra celeste.[3]

Eu me aproximei dela como se fosse prostrar-me sobre as sepulturas dos meus pais e como um daqueles sacerdotes que, taciturnos e reverentes, vagueavam pelos bosques habitados pelos deuses. A sagrada casa daquele sumo italiano está caindo pela irreligião de quem possui tamanho tesouro. Em vão, o viajante virá de longe procurar com devota admiração a ainda harmoniosa sala dos cantos celestes de Petrarca. Porém, chorará sobre um monte de ruínas cobertas de urtigas e de ervas daninhas entre as quais a raposa solitária terá feito seu covil. Itália! Aplaca a sombra dos seus grandes. Oh! Eu me recordo, com um lamento na alma, das últimas palavras de Torquato Tasso. Depois de viver quarenta e sete anos em meio ao escárnio dos cortesãos, aos aborrecimentos dos pedantes e ao orgulho dos príncipes, ora aprisionado e ora errante, todavia melancólico, enfermo, indigente, jazia afinal no leito da morte e escrevia exalando o eterno suspiro: *Eu não quero reclamar da malignidade da sorte, para não falar da ingratidão dos homens, a qual também quis ter a vitória de me conduzir, mendigo, à sepultura.* Ó meu Lorenzo, essas palavras sempre me ressoam no coração! E me parece saber quem talvez um dia morrerá repetindo-as!

Enquanto isso, eu recitava em voz baixa, com a alma cheia de amor e harmonia, a canção: *Claras, frescas, doces águas*; e a outra: *De pensamento em pensamento, de monte em monte*; e o soneto: *Estamos, Amor, a contemplar a glória nossa*; e tantos outros dos sobre-humanos versos que a minha memória agitada soube, então, sugerir ao meu coração.

Teresa e o pai saíram com Odoardo, que precisava rever as contas do feitor de uma propriedade que ele tem naqueles arredores. Soube depois que ele está de partida para Roma por causa da morte de um primo;

não voltará tão cedo, porque, tendo os outros parentes tomado posse dos bens do falecido, o acordo acabará nos tribunais.

Quando voltaram, aquela família de agricultores nos preparou o lanche, e depois nos pusemos a caminho de casa. Adeus, adeus. Teria que lhe contar outras coisas; mas, para dizer a verdade, escrevo sem vontade. De fato, ia me esquecendo de lhe dizer que, retornando, Odoardo acompanhou Teresa passo a passo e conversou longamente com ela, quase a importunando e com um ar autoritário no rosto. Por algumas poucas palavras que pude entender, suspeito que ele a torturasse para saber a todo custo sobre o que nós conversamos. Disso você vê que eu devo reduzir minhas visitas – pelo menos até que ele parta.

Boa noite, Lorenzo. Conserve esta carta. Quando Odoardo levar consigo a felicidade, e eu nunca mais vir Teresa, nem mais brincar sobre estes joelhos a sua ingênua irmãzinha, naqueles dias de tédio nos quais nos é cara até mesmo a dor, leremos outra vez estas memórias deitados sobre a grama que se volta para a solidão de Arquá, na hora em que o dia vai sumindo. A lembrança de que Teresa foi nossa amiga enxugará o nosso pranto. Guardemos os sentimentos queridos e suaves que nos despertam para sempre e que, apesar de tristes e perseguidos, são o que nos resta: a lembrança de que nem sempre vivemos na dor.

## 22 de novembro

Três dias, no máximo, e Odoardo não estará aqui. O pai de Teresa o acompanhará até a fronteira. Ele deu a entender que teria me implorado para acompanhá-lo nesse breve trajeto; mas eu declinei porque quero absolutamente partir: irei a Pádua. Não devo abusar da amizade do senhor T*** e da sua boa-fé. – Seja boa companhia para as minhas filhas, dizia-me ele esta manhã. Ele deve me considerar um Sócrates – eu? E com aquela criatura angelical nascida para amar e para ser amada? E tão miserável ao mesmo tempo! E eu estou sempre em perfeita harmonia com os infelizes, porque – na verdade – encontro um não sei que de ruim no homem próspero.

Não sei como ele não percebe que eu, falando de sua filha, confundo-me e gaguejo; mudo de expressão e fico como um ladrão diante do juiz. Neste momento me afundo em certas meditações e blasfemaria ao céu vendo nesse homem tantas qualidades excelentes, todas estragadas pelos preconceitos e por uma cega obstinação que o farão chorar amargamente. Enquanto isso, eu devoro os meus dias, queixando-me dos meus próprios males e dos males dos outros.

Mas sinto muito por isso; com frequência rio de mim, porque de fato este meu coração não pode suportar um momento, um momento sequer de calma. Desde que eu sempre esteja agitado, para ele não importa se os ventos lhe sopram adversos ou propícios. Ao lhe faltar o prazer, recorre prontamente à dor. Ontem, Odoardo veio me devolver uma espingarda de caça que eu lhe havia emprestado e aproveitou para se despedir de mim; não pude deixá-lo partir sem abraçá-lo de supetão, ainda que na verdade eu devesse ter imitado a sua indiferença. Nunca sei de que nome vocês sábios chamam quem cedo demais obedece ao próprio coração: porque decerto não é um herói, mas, por acaso, é covarde por isso? Quem trata como fracos os homens apaixonados se assemelha àquele médico que chamava de louco um doente por nenhuma outra razão senão por ele ter sido derrubado pela febre. Assim, ouço os ricos acusarem de culpa a pobreza, pela única razão de que ela não é rica. Na minha opinião, porém, é tudo aparência; nada de real, nada. Os homens, não podendo adquirir sozinhos a própria estima e a dos outros, esforçam-se para se elevarem, comparando os defeitos que, por ventura, não têm aos que seu vizinho possui. Mas quem não se embebeda porque odeia naturalmente o vinho merece louvores de sóbrio?

Ó você, que discute pacatamente as paixões: se as suas mãos frias não encontrassem frio em tudo o que tocam; se o que entra no seu coração de gelo não se tornasse logo gelado, você acha que estaria tão orgulhoso da sua rígida filosofia? E como pode pensar sobre coisas que não conhece?

Por mim, deixo que os sábios se vangloriem de uma infecunda apatia. Li há algum tempo, não sei em que poeta, que a virtude deles é uma massa de gelo que atrai tudo para si e endurece quem dela se aproxima. *Nem Deus está sempre em sua majestosa tranquilidade, mas se deixa envolver entre os fortes ventos e passeia entre furiosas tempestades.*[4]

### 27 de novembro

Odoardo partiu, e eu vou embora quando o pai de Teresa voltar. Bom dia.

### 3 de dezembro

Esta manhã eu estava indo cedo ao vilarejo, e já me aproximava da casa de T*** quando me deteve um distante tilintar de harpa. Oh! Sinto a minha alma sorrir e correr pelo meu ser toda a volúpia como nunca me havia infundido aquele som. Era Teresa – como posso eu representá-la, ó jovem celestial, e chamá-la diante de mim em toda a sua beleza, sem o desespero no coração! Ai de mim! Você começa a saborear os primeiros goles do amargo cálice da vida, e eu com estes olhos a verei infeliz e não poderei consolá-la senão chorando! Eu, eu mesmo, por piedade, deverei aconselhá-la a fazer as pazes com a sua desventura.

Claro que eu não poderia nem afirmar nem negar a mim mesmo que eu a amo; mas se algum dia, algum dia... Na verdade, não é nada mais que um amor capaz de um só pensamento: Deus o sabe!

Eu me detive bem ali, sem pestanejar, com os olhos, os ouvidos e todos os sentidos ocupados a me divinizar naquele lugar onde a visão dos outros não me obrigaria a ruborizar pelo meu arrebatamento. Agora penetra no meu coração, quando eu escutava Teresa cantar aquelas pequenas estrofes de Safo, traduzidas por mim da melhor maneira, com as outras duas odes, os únicos resquícios das poesias daquela amorosa jovem, tão imortal quanto as Musas. Levantando-me depressa, encontrei Teresa em sua sala, naquela mesma cadeira onde a vi no primeiro dia, quando ela pintava seu próprio retrato. Estava descuidadamente vestida de branco; o tesouro dos seus cabelos loiríssimos espalhados sobre as costas e sobre o peito; seus divinos olhos imersos no prazer; o rosto esparso em um suave langor; seu braço de rosas; o pé; seus dedos arqueando-se suavemente. Tudo, tudo era harmonia, e eu sentia um novo prazer em contemplá-la. Mas Teresa parecia confusa, vendo repentinamente um homem olhá-la tão desalinhada, e eu mesmo começava, dentro de mim, a me reprovar por tê-la importunado e pela vilania. Ela, todavia, continuava, e eu afastava qualquer outro desejo, exceto o de adorá-la e de ouvi-la. Não sei lhe dizer, meu caro, em qual estado eu estava: sei bem que eu não sentia mais o peso desta vida mortal.

Levantou-se sorrindo e me deixou sozinho. Então, pouco a pouco, eu me recuperei: apoiei a cabeça sobre aquela harpa, e o meu rosto foi se banhando de lágrimas – oh! Senti-me um pouco livre.

### *Pádua, 7 de dezembro*

Não quero dizer, mas temo muito que você não tenha acreditado em mim e tenha feito tudo o que estava em seu poder para me distanciar do meu doce eremitério. Ontem, Michel veio para me dar a notícia, a pedido de minha mãe, de que já estava preparado o alojamento em Pádua, onde eu havia dito, em outra ocasião (na verdade me lembro vagamente), querer fixar residência na reabertura da universidade. Verdade é que eu tinha jurado vir aqui e escrevi a você sobre isso; mas esperava o senhor T*** – que ainda não retornou. De resto, fiz bem em seguir a minha inclinação e abandonei as colinas sem dizer adeus a ninguém. Caso contrário, apesar dos seus sermões e dos meus propósitos, eu nunca mais partiria; confesso-lhe que sinto certa amargura no coração e que muitas vezes me assalta a tentação de retornar, mas vamos adiante. Encontro-me em Pádua, prestes a me tornar um sabichão, a fim de que você não vá, todavia, anunciando *que eu me perco em loucuras*. No mais, cuidado para não querer se opor a mim quando me vier o desejo de ir embora; porque você sabe que eu nasci completamente incapaz de certas coisas, em especial quando se trata de viver sob aquele método de vida que os estudos exigem, à custa da minha paz e do meu gênio livre ou, pode dizer, que eu o perdoo, do meu capricho. Enquanto isso, agradeça a minha mãe e, para diminuir o seu desprazer, faça-a entender, como se a ideia viesse de você, que eu aqui não pretendo ficar por um mês ou pouco mais.

### *Pádua, 11 de dezembro*

Conheci a esposa do patrício M\*\*\*, que abandona os tumultos de Veneza e a casa de seu indolente marido para desfrutar boa parte do ano em Pádua. Que pena! A sua jovem beleza já perdeu aquela casta ingenuidade que por si só difunde graça e amor. Douta o bastante na galanteria feminina, busca o prazer somente para conquistar; assim julgo. Mas, quem sabe? Ela está comigo de boa vontade, muitas vezes me sussurra baixinho e sorri quando a elogio; ainda mais porque ela não se nutre, como as outras, daquela ambrosia de trocadilhos chamados *belos dizeres* e *gracejos espirituosos*, sempre indícios de uma índole que nasceu maligna. Agora, saiba que ontem à noite, encostando a sua cadeira na minha, tagarelando sobre tais coisas sem valor, falou-me de alguns versos meus, e, não sei como, nomeei certo livro que ela havia me pedido. Prometi levá-lo esta manhã; adeus, aproxima-se a hora.

### *Duas horas*

O pajem me apontou uma sala, na qual, mal eu havia entrado, veio ao meu encontro uma mulher de uns trinta e cinco anos, encantadoramente vestida, que eu jamais teria tomado por uma criada se ela mesma não tivesse me declarado isso, dizendo: – Minha senhora ainda está na cama; daqui a instantes sairá. Uma sineta a fez correr para a sala ao lado onde estava o tálamo da Deusa, e eu fiquei me aquecendo junto à lareira, analisando ora uma Dânae pintada no teto, ora as figuras que cobriam as paredes, ora alguns romances franceses jogados aqui e ali. Nisso, as portas se abriram, e eu senti o ar perfumado por mil quintessências e vi a madame toda suave e fresca entrar na sala bem rápido, quase paralisada de frio, e abandonar-se sobre uma cadeira de apoio que a criada lhe preparou junto ao fogo. Cumprimentava-me mais com os olhares do que com o corpo – e me perguntava sorrindo se eu tinha me esquecido da promessa. Então lhe entreguei o livro, observando com espanto que ela não vestia senão uma longa e transparente camisola, a qual, não estando amarrada, quase roçava o tapete, deixando nus as costas e o peito, que, por sua vez, estava voluptuosamente protegido pela cândida pele na qual ela estava envolvida. Os cabelos, mesmo presos por uma presilha, denunciavam o sono recente; algumas mechas pousavam seus cachos ora no pescoço, ora até junto ao seio, como se aquelas pequeninas listas muito negras devessem servir de guia aos olhos inexperientes, e outras pendiam da fronte e lhe obstruíam os olhos. Enquanto isso, ela levantava os dedos para desfazê-las e, às vezes, envolvê-las e acomodá-las melhor na presilha, mostrando dessa forma, talvez sem querer, um braço muito branco e bem-torneado, descoberto pela camisola que, ao levantar da mão, caía até além do cotovelo. Repousando sobre um pequeno trono de almofadas, ela se voltava com complacência para seu cãozinho, que se aproximava dela, fugia e corria, torcendo o dorso e sacudindo as orelhas e o rabo. Eu me sentei em uma cadeira trazida pela criada, que já havia desaparecido. Aquele animalzinho adulador gania e, mordendo-lhe e desarrumando-lhe, com as patinhas, como se tivesse intenção, às bordas da camisola, deixava aparecer um delicado chinelo de seda rosa lânguido e pouco depois um pequenino pé. Ó Lorenzo, parecido com o que Albani pintaria para uma Graça saindo do banho. Oh! Se você tivesse, como eu, visto Teresa nessa mesma atitude, junto à lareira, também ela recém-saída da cama, tão pouco vestida, tão... Quando recordo aquela feliz manhã, lembro-me de que não ousaria respirar o ar que a circundava e de que todos, todos os meus pensamentos se uniam, reverentes e temerosos, somente para adorá-la. Por certo, um gênio benéfico me apresentou a imagem de Teresa, porque eu, não sei como, tive a arte de olhar, com um contido sorriso, o cãozinho, e a bela, depois o cãozinho, e de novo o tapete no qual pousava o belo pé; mas o belo pé já tinha desaparecido. Levantei-me, pedindo perdão caso tivesse chegado fora de hora, e a deixei quase arrependida. Certo, de jubilosa e cortês, se fez um pouco contida; de resto, não sei. Quando fiquei sozinho, a minha razão, que vive em perpétua luta com este meu coração, ia me dizendo: Infeliz! Tema apenas aquela beldade que participa do divino: tome partido e não retraia os lábios do antídoto que o destino lhe oferece. Elogiei a razão; mas o coração já havia feito do seu modo. – Você perceberá que esta carta foi recopiada, porque eu queria exibir *o belo estilo*.

Oh! A canção de Safo! Eu a cantarolo escrevendo, passeando, lendo. Eu não delirava assim, ó Teresa, quando não estava impedido de poder vê-la e ouvi-la: paciência! Onze milhas e eis-me em casa, e depois outras duas, e depois? Quantas vezes eu teria fugido desta terra se o medo de ser, pelas minhas desventuras, arrastado para muito longe de você, não me retivesse em tamanho perigo? Aqui, pelo menos, estamos sob o mesmo céu.

P.S.: Recebo neste momento suas cartas – de novo, Lorenzo! Esta já é a quinta vez que você me trata como um apaixonado. Apaixonado sim, e daí? Vi muitos se apaixonarem pela Vênus de Médici, pela Psique, até pela Lua ou por alguma estrela favorita. E até você estava tão entusiasmado por Safo que pretendia reconhecer o retrato dela na mais bela mulher que conhecesse, tratando como malignos e ignorantes aqueles que a pintam pequena, morena e feinha, ou não?

Sem brincadeira: reconheço que tenho uma mente bizarra e talvez também extravagante; mas deverei por isso me envergonhar? Do quê? Há dias que você quer me colocar na cabeça a mania da vergonha; mas, salvo pelo seu nome, eu não sei, nem posso, nem devo enrubescer por coisa alguma em relação a Teresa, nem me arrepender, nem me entristecer. – E fique tranquilo.

### *Pádua –*

*Desta carta se perderam duas folhas, nas quais Jacopo narrava certo desgosto que teve por causa de sua natureza veemente e pelos seus modos bastante sinceros.*

*O editor, propondo-se a publicar religiosamente o manuscrito original, acredita ser conveniente inserir o que resta de toda a carta, ainda mais que dele se pode quase inferir aquilo que falta.*

*falta a primeira folha.*
...

... reconheço os benefícios, reconheço ainda mais as injúrias; e mesmo assim você sabe quantas vezes eu já as perdoei: beneficiei quem me ofendeu e, às vezes, tive piedade de quem me traiu. Mas as feridas feitas à minha honra, Lorenzo! Deveriam ser vingadas. Eu não sei o que lhe escreveram nem me importa sabê-lo. Porém, quando aquele miserável apareceu diante de mim, apesar dos quase três anos sem vê-lo, dei-me conta de que me ardiam todos os membros; mesmo assim me contive. Mas tinha ele que, com novos gracejos, exacerbar meu antigo desprezo? Naquele dia eu rugia como um leão e poderia tê-lo feito em pedaços, mesmo se o tivesse encontrado no santuário.

Dois dias depois, o covarde evitou os caminhos da honra que eu lhe havia mostrado, e todos falavam contra mim, como se eu tivesse que engolir pacificamente uma injúria daquele que, nos tempos passados, comeu metade do meu coração. Essa galante gentalha simula generosidade porque não tem coragem de se vingar de cabeça erguida; mas quem visse os noturnos punhais, as calúnias, as brigas! – Por outro lado, não fui arrogante com ele. Eu lhe disse: O senhor tem braços e peito assim como eu, e eu sou mortal como o senhor. Ele chorou e gritou; e então a ira, aquela minha fúria dominadora, começou a amansar, porque, por causa da mediocridade dele, percebi que a coragem não deve dar o direito de oprimir o fraco. Mas, por esse motivo, deve o fraco provocar quem sabe tirar disso a vingança? Acredite em mim: é preciso uma estúpida baixeza ou uma sobre-humana filosofia para deixar-se ao arbítrio de um inimigo que tem semblante desavergonhado, alma negra e mão trêmula.

Enquanto isso, a ocasião desmascarou todos aqueles cavalheiros que me juravam profunda amizade, que festejavam cada palavra minha e que a toda hora me ofereciam a bolsa e o coração. Sepulturas! Belos mármores e pomposos epitáfios; mas, ao abri-los, só encontramos vermes e fedor. Você acha, meu Lorenzo, que se a adversidade nos reduzisse a mendigar o pão, algum deles se lembraria das suas promessas? Ou ninguém, ou apenas algum esperto, que com os seus benefícios tentaria comprar a nossa humilhação. Amigos da calmaria nas tempestades o afogam. Para eles, no fundo, tudo é cálculo. Por isso, se existe alguém em cujas entranhas fremem as generosas paixões, ou deve estrangulá-las, ou refugiar-se como as águias e as feras magnânimas nos montes inacessíveis e nas florestas, distantes da inveja e da vingança dos homens. As almas sublimes passeiam sobre as cabeças da multidão que, ultrajada pela sua grandeza, tenta acorrentá-las ou escarnecer delas e chama de loucura as ações que essa, imersa na lama, não pode conhecer, apenas admirar. Eu não falo de mim; mas, quando reflito nos obstáculos que a sociedade interpõe à índole e ao coração do homem e como nos governos licenciosos ou tirânicos tudo é guerra, interesse e calúnia, eu me ajoelho para agradecer à Natureza que, dotando-me dessa índole inimiga de todo tipo de servidão, me fez vencer a sorte e me ensinou a erguer-me sobre a minha educação. Sei que a primeira, única e verdadeira ciência é a do homem, a qual não se pode estudar na solidão e nos livros; e sei que cada um deve prevaler-se da própria sorte ou da sorte dos outros, para caminhar com algum apoio sobre os precipícios da vida. Assim seja: por mim, temo ser enganado por quem saberia me ensinar, ser precipitado por aquela mesma sorte que poderia me erguer e ser abatido pela mão que teria tanto vigor para me sustentar...

*falta outra página.*
...

... se eu fosse jovem; mas senti furiosamente todas as paixões e não poderia me vangloriar incólume de todos os vícios. É verdade que nenhum vício me venceu e que eu, nesta peregrinação terrena, imprevistamente atravessei dos jardins aos desertos, mas também confesso que os meus arrependimentos nasceram de certo desdém orgulhoso e do desespero para encontrar a glória e a felicidade, que desde os primeiros anos eu desejava ardentemente. Se eu tivesse vendido a fé, renegado a verdade, negociado o meu talento, você não acha que eu viveria mais honrado e tranquilo? Entretanto, porventura, as honras e a tranquilidade do meu século corrupto merecem ser adquiridos com o sacrifício da alma? Talvez mais do que o amor pela virtude, o temor da baixeza me impediu algumas das culpas que são respeitadas nos poderosos, toleradas nos demais, mas que, para não deixar sem vítimas o simulacro da justiça, são punidas nos miseráveis. Não, nem a força humana nem a prepotência divina me farão recitar no teatro do mundo o papel do pequeno bandido. Para fazer vigília de noite na sala das belas mais ilustres, bem eu sei que convém professar libertinagem, porque querem mantê-las na reputação em que ainda julgam haver pudor. E uma delas me doutrinou nas artes da sedução e me confortou diante da traição – e teria talvez traído e seduzido, mas o prazer que eu esperava disso calava muito amargo dentro do meu coração, que nunca soube pacificar-se com o tempo ou fazer uma aliança com a razão. Você, porém, me ouvia muitas vezes exclamar *que tudo depende do coração!* Do coração que nem os homens, nem o céu, nem os nossos interesses podem mudar jamais.

Na Itália mais culta e em algumas cidades da França, procurei ansiosamente *o belo mundo* que eu ouvi glorificarem com tanta ênfase; mas em toda parte encontrei classes de nobres, classes de literatos, classes de belas, todos tolos, baixos, malignos... todos. Fugiram-me, enquanto isso, aqueles poucos que, vivendo negligenciados entre o povo ou meditando na solidão, conservam as características elevadas da sua índole ainda não adulada. Enquanto isso, eu corria para cá, para lá, para cima e para baixo, como as almas dos ociosos expulsos por Dante às portas do inferno por não serem dignas de estar entre os perfeitos danados. Ao longo de um ano, você sabe o que colhi? Fofocas, ofensas e tédio mortal. E aqui, de onde eu olhava o passado, tremendo, e me tranquilizava, acreditando estar seguro, o demônio me arrasta a tais angústias. Agora você vê que eu devo voltar os olhos ao raio de saúde que o céu me apresentou. Mas eu lhe imploro, deixe estar o seu sermão habitual: *Jacopo! Jacopo! Essa sua indocilidade o tornará misantropo.* Você acha que, se eu odiasse os homens, eu me queixaria, como faço, dos seus vícios? Já que não sei rir disso e temo me arruinar, eu considero melhor solução a retirada. E quem me protege do ódio dessa raça de homens tão diferente de mim? Nem posso disputar para descobrir quem está com a razão: eu não sei, nem a pretendo toda para mim. O que importa é (e você nisso está de acordo) que esta minha índole altiva, firme, leal, ou melhor, mal-educada, teimosa, imprudente, e a etiqueta religiosa, que veste com um mesmo uniforme todos os seus trajes externos, não se ajustam; e, na verdade, eu não tenho vontade de mudar de roupa. Para mim, portanto, é sem esperança até mesmo a trégua, e, ao contrário, estou em guerra aberta, e a derrota é iminente, já que não sei nem mesmo lutar com a máscara da dissimulação, *virtude* de muito crédito e de maior utilidade. Veja a grande presunção! Eu me considero menos feio do que os outros; por isso me irrita me disfarçar; do contrário, bom ou cruel que isso seja para mim, tenho a generosidade, ou, você diria, o descaramento de me apresentar nu, quase como saí das mãos da Natureza. E se às vezes eu digo para mim mesmo: você acha que a verdade em sua boca é menos temerária? Disso deduzo que eu seria louco se, tendo encontrado na minha solidão a tranquilidade dos beatos, os quais se extasiam na contemplação do bem supremo, eu, para *não correr o risco de me apaixonar* (eis a sua habitual antífona), me uniria ao discernimento dessa tripulação cerimoniosa e maligna.

### *Pádua, 23 de dezembro*

Este excomungado país me adormece a alma, enojada da vida. Você pode esbravejar o quanto quiser, em Pádua, não sei o que fazer: se você visse minha expressão transtornada enquanto estou aqui parado, hesitando para começar esta mísera carta! O pai de Teresa voltou às colinas e me escreveu; eu respondi avisando que em pouco tempo nos encontraremos de novo, e isso me parece mil anos.

Esta universidade (como devem ser, infelizmente, todas as universidades da Terra!) é majoritariamente composta de professores orgulhosos inimigos entre si e de alunos muito desregrados. Você sabe por que entre a multidão de doutos os homens sábios são tão raros? Aquele instinto inspirado pelo alto que constitui o GÊNIO não vive senão na independência e na solidão, quando os tempos, proibindo-lhes de agir, não lhes deixam outra coisa senão o escrever. Na sociedade se lê muito, não se medita, se copia; falando sempre, evapora-se aquele fel generoso que faz sentir, pensar e escrever fortemente. Para balbuciar muitas línguas, balbuciamos também a nossa, ridículos tanto aos estrangeiros quanto a nós próprios, dependentes dos interesses, dos preconceitos e dos vícios dos homens entre os quais vivemos, e guiados por uma cadeia de obrigações e necessidades, unimos à multidão a nossa glória e a nossa felicidade, adulamos a riqueza e o poder e tememos até sermos grandes. Isso porque a fama instiga os perseguidores; a magnitude da alma causa suspeita nos governos; e os príncipes querem os homens de tal modo que não sejam jamais nem heróis nem vilões ilustres. Porém, quem em tempos escravos é pago para instruir raramente ou nunca se sacrifica pela verdade e por sua sagrada instituição; por isso aquele aparato de aulas catedráticas que lhe dificultam a razão e tornam suspeita a verdade. Além disso, desconfio de que todos os homens sejam cegos que viajam na escuridão, alguns dos quais abrem as pálpebras com dificuldade, imaginando distinguir as trevas pelas quais devem caminhar cambaleando. Mas esqueça o que eu disse: existem certas opiniões que deveriam ser disputadas apenas entre os poucos que veem as ciências com o mesmo escárnio que Homero olhava o vigor das rãs e dos ratos.

A esse respeito: quer me dar ouvidos uma vez? Agora que Deus mandou o comprador, venda todos os meus livros. O que vou fazer com quatro mil e tantos volumes que não conheço nem quero ler? Preserve-me aqueles pouquíssimos com as margens anotadas pela minha mão. Oh, como em tempos atrás eu me agitava para esbanjar com os livreiros tudo o que tinha! Essa loucura não acabou senão para, talvez, dar lugar a outra. Dê o dinheiro para minha mãe. Quero ressarci-la de tantas despesas – não sei como, mas, eu lhe digo, esgotaria um tesouro –, e essa solução me pareceu a mais conveniente. Os tempos se tornam cada vez mais calamitosos, e não é justo que aquela pobre mulher leve miseravelmente, por minha causa, a pouca vida que ainda lhe resta. Adeus.

### *Das colinas Eugâneas, 3 de janeiro de 1798*

Perdoa; achava-o mais sábio. O gênero humano é esse bando de cegos que você vê se esbarrando, empurrando, batendo, encontrando ou se arrastando atrás da inexorável fatalidade. Para que serve, portanto, seguir ou temer o que deve lhe acontecer?

Engano-me? A prudência humana pode quebrar esta corrente invisível de casos e de infinitos acidentes mínimos a que nós chamamos destino? Que seja, mas pode ela, por isso, garantir o olhar entre as sombras do futuro? Oh! Você outra vez me exorta a fugir de Teresa; e isso é como me dizer: abandona o que lhe é caro na vida, trema diante do mal e tenha um destino pior. Mas suponhamos que eu, temendo o perigo por ser prudente, fechasse minha alma a cada lampejo de felicidade. Toda a minha vida não se pareceria talvez com as austeras jornadas dessa nebulosa estação, as quais nos fazem desejar poder não existir, enquanto entristecem a Natureza? Diga a verdade, Lorenzo, não seria melhor que agora pelo menos parte da manhã fosse confortada pelo raio do Sol, mesmo sob a condição de que a noite roubasse para si o dia anterior a ela? Se eu precisasse sempre proteger o meu coração prepotente, estaria em eterna guerra comigo mesmo e em vão. Navegarei como um perdido, e aconteça o que tiver que acontecer. Enquanto isso:

> Sinto a minha aura antiga, e as doces colinas
> Vejo aparecerem!⁵

## 10 de janeiro

Odoardo espera resolver o seu negócio em um mês, assim escreve: voltará, portanto, o mais tardar, na primavera. Então sim, perto do início de abril, eu acredito que será razoável partir.

## 19 de janeiro

Humana vida? Sonho, enganoso sonho ao qual damos tão grande valor, assim como as mulheres tolas depositam a sua sorte em superstições e presságios! Cuida: aquilo a que você estende avidamente a mão é, talvez, uma sombra que, ainda que lhe seja cara, para outro é entediante. Portanto, toda a minha felicidade está na aparência vazia das coisas que hoje me rodeiam, e, se busco algo de real, ou volto a me enganar, ou vago atônito e assustado no nada! Não sei, mas, em minha opinião, temo que a Natureza constituiu a nossa espécie como um elo mínimo e passivo do seu incompreensível sistema, dotando-a de tão grande amor próprio para que o sumo temor e a suma esperança, ao criar em nossa imaginação uma infinita série de males e de bens, nos mantivessem também sempre angustiados por essa existência breve, incerta, infeliz. E enquanto nós servimos cegamente ao seu propósito, ela ri do nosso orgulho, que nos faz acreditar que o universo foi criado só para nós e que nós somos os únicos dignos e capazes de ditar leis à criação.

 Caminhava há pouco, perdendo-me pelos campos, coberto até os olhos, considerando a desolação da terra toda sepultada sob a neve, sem grama nem folhagem que me atestassem as suas abundâncias passadas. Nem poderiam os olhos meus se fixarem longamente sobre as encostas dos montes, cujos cumes estavam imersos em uma negra nuvem da gélida névoa que caía, aumentando o luto do ar frio e obscurecido. E me parecia ver aquela neve derreter e se precipitar em torrentes que inundavam a planície, arrastando impetuosamente consigo plantas, rebanhos, cabanas e exterminando, em um dia, os trabalhos de tantos anos e as esperanças de tantas famílias. Vazava de vez em quando um raio de Sol, o qual, por mais que ainda permanecesse ofuscado pela neblina, deixava também entrever que, apenas por sua graça, o mundo não fora dominado por uma perpétua noite profunda. Voltei-me para aquela parte do céu que, amanhecendo, mantinha ainda os vestígios do seu esplendor. – Ó Sol, falei, tudo muda aqui embaixo! Chegará o dia em que Deus retirará o olhar de você, e você também será transformado; então, nem mais as nuvens cortejarão seus raios cadentes; nem mais a aurora enfeitada com celestes rosas virá grávida de um raio seu sobre o oriente, a anunciar seu nascimento. Aproveite, enquanto isso, sua carreira, que será, talvez, laboriosa e semelhante à do homem. Veja você: o homem não goza de seus dias e, se às vezes lhe é permitido passear pelos florescentes prados de abril, mesmo assim deve sempre temer o escaldante ar do verão e o gelo mortal do inverno.

### *22 de janeiro*

Assim vai, caro amigo, estava junto à lareira do meu caseiro, onde alguns camponeses dos arredores se juntam para se aquecer, compartilhando histórias e antigas aventuras. Entrou uma jovem descalça, morta de frio e, apresentando-se ao horticultor, pediu-lhe alguma esmola para uma pobre velha. Enquanto ela se recuperava junto ao fogo, ele lhe preparava dois feixes de lenha e dois pães escuros. A camponesa agarrou-os e, cumprimentando-nos, saiu. Eu também estava de saída e, sem que ela me visse, segui-a pisando suas pegadas na neve. Ao chegar a um monte de gelo, parou, examinando com os olhos outra trilha. Ao alcançá-la, eu perguntei: – A moça vai para longe? – Senhor meu, não, uma meia milha. – Esses dois feixes a fazem caminhar com desconforto, deixe que eu leve um para você. – Os feixes não me atrapalhariam tanto se eu pudesse colocá-los nas costas com os dois braços, mas estes dois pães me atrapalham. – Venha, levarei os pães. – Não falou e ficou vermelha da cabeça aos pés, mas me entregou os pães, que eu coloquei sob o manto. Depois de uma breve hora, entramos em uma pequena cabana. Em um cantinho, uma velhota sentava-se com um braseiro cheio de brasas apagadas e estendia sobre elas a palma das mãos, apoiando os pulsos sobre as extremidades dos joelhos. – Bom dia, mãe. – Bom dia. – Como vai a senhora, mãe? – Nem a essa, nem a dez outras interrogações me foi possível implorar resposta. Uma vez que ela estava ocupada em aquecer as mãos, erguia os olhos de vez em quando para ver se já tínhamos partido. Enquanto isso, deixamos ali aquelas poucas provisões, e a velha, sem olhar mais para nós, examinou-as com olhar irrequieto. Aos nossos cumprimentos e promessas de retornar amanhã, não respondeu senão outra vez quase à força: – Bom dia.

Novamente a caminho de casa, a camponesa contava-me como aquela mulher, com oitenta anos ou mais, tivera uma dificílima vida. Às vezes acontecia de os temporais impedirem os camponeses de trazerem os donativos que recolhiam, de modo que se via a ponto de perecer de inanição; no entanto, temia morrer e murmurava sempre suas preces para que o céu a mantivesse ainda viva. Mais tarde ouvi dizer, dos velhos do condado, que há muitos anos lhe morreu, por uma arma de fogo, o marido com quem teve filhos e filhas, e depois genros, noras e netos, os quais ela viu perecerem e tombarem um após o outro a seus pés, no célebre ano da fome. Contudo, irmão meu, nem os males passados nem os presentes a matam e ainda se contenta com uma vida que nada sempre em um mar de dor.

Ai, então! Tantas angústias assediam a nossa vida que, para mantê-la, é preciso nada menos que um instinto cego e prepotente pelo qual (não obstante a Natureza nos molde com os meios de nos livrarmos dele) somos, com frequência, forçados a comprá-la com a humilhação, com o pranto e, às vezes, até mesmo com o delito!

### *17 de março*

Há dois meses que não dou sinal de vida, e você deve estar espantado, temendo que eu já tenha sido vencido pelo amor a ponto de *me esquecer de você e da pátria*. Meu irmão Lorenzo, você conhece tão pouco de mim, do coração humano e do próprio coração se presume que o desejo pela pátria possa ser refreado ou ainda se apagar, se acredita que eu ceda a outras paixões. Quanto mais contrariamos as outras paixões, mais somos contrariados por elas, é bem verdade, e sobre isso você falou muito bem! *O amor, em uma alma aflita, e onde as outras paixões estão desesperadas, mostra-se onipotente.* Estou experimentando isso; mas que seja funesto, engana-se: sem Teresa, talvez hoje eu estivesse debaixo da terra.

A Natureza cria com sua própria autoridade artifícios tais que não podem ser senão generosos; vinte anos atrás, tais artifícios permaneciam inertes e congelados no entorpecimento universal da Itália, mas os tempos de hoje despertaram neles as suas viris e inatas paixões e adquiriram tal caráter que você pode quebrá-los, mas nunca dobrá-los. Essa não é uma sentença metafísica, é a verdade que resplandece na vida de muitos antigos mortais gloriosamente infelizes; verdade da qual me certifiquei convivendo com muitos compatriotas. Compadeço-me deles e os admiro; já que, se Deus não tem piedade da Itália, deverão encerrar em seu segredo o desejo pela pátria – funestíssimo! Porque esse desejo ou destrói ou machuca a vida inteira, e, todavia, em vez de abandoná-lo, prezarão os perigos, aquela angústia e a morte. Eu sou um desses, assim como você, meu Lorenzo.

Mas se eu escrevesse sobre aquilo que vi e sei de algumas coisas nossas, seria supérfluo e cruel por despertar em todos vocês o furor que também gostaria de fazer adormecer dentro de mim. Choro, acredite, pela pátria – choro por ela secretamente e desejo:

Que as lágrimas minhas se derramem sozinhas.⁶

Outra espécie de amante da Itália, por sua vez, lamenta-se em altíssima voz. Protestam por terem sido vendidos e traídos. Se tivessem se armado, talvez tivessem sido vencidos, jamais traídos; mas, se tivessem se defendido até a última gota de sangue, nem os vencedores teriam podido vendê-los, nem os vencidos teriam tentado comprá-los. Muitíssimos dos nossos presumem que a liberdade possa ser comprada com dinheiro; presumem que as nações estrangeiras virão, por amor à equidade, trucidar-se em nossos campos a fim de libertar a Itália! Mas será que os franceses, que fizeram parecer execrável a teoria divina da pública liberdade, reagirão como Timoleão a nosso favor? Muitíssimos, entretanto, confiam no Jovem Herói, nascido de sangue italiano, onde se fala nosso idioma. Pois eu jamais esperarei receber coisa útil e sublime de uma alma baixa e cruel. Que importa que tenha o vigor e o frêmito do leão, se se satisfaz com uma mente ardilosa de raposa? Sim, baixo e cruel – nem os epítetos são exagerados. Ele não vendeu Veneza com aberta e generosa crueldade? Selim I, que ordenou o massacre sobre o Nilo de trinta mil guerreiros circassianos rendidos à sua fé, e Nadir Schah, que no nosso século trucidou trezentos mil indianos, são mais atrozes, mas menos desprezíveis. Vi com meus próprios olhos uma constituição democrática anotada pelo Jovem Herói, anotada por sua própria mão, e enviada de Passeriano a Veneza para que fosse aceita. O Tratado de Campoformio fora já há alguns dias assinado, Veneza estava vendida. A confiança que o Herói nutria em todos nós encheu a Itália de proscrições, de emigrações e de exílio. Não acuso a razão do Estado que vende, como rebanhos de ovelhas, as nações. Assim sempre foi e assim será: choro a pátria minha,

Que me roubaram, *e o modo inda me ofende*.[7]

*Nasce italiano e socorrerá um dia a pátria*. Outros acreditam nisso, eu respondi e responderei sempre: *A Natureza o criou tirano; e o tirano não olha para a pátria e não a tem.*

Outros dos nossos, vendo as chagas da Itália, continuam pregando que devem curá-las com os remédios extremos necessários à liberdade. É bem verdade que a Itália tem padres e frades, mas não sacerdotes; porque onde a religião não está enraizada nas leis e nos costumes de um povo, a administração do culto é comércio. A Itália tem tantos titulados quantos você quiser, mas não tem, propriamente, patrícios; por isso, os patrícios defendem com uma das mãos a república em guerra e com a outra a governam em paz; e na Itália, o sumo esplendor dos nobres é não fazer e não saber nunca de nada. Por fim, temos a plebe, mas não cidadãos, talvez pouquíssimos. Os médicos, os advogados, os professores universitários, os literatos, os ricos comerciantes, a inumerável fileira de empregados fazem artes nobres, dizem eles, e plebeias, porém, não têm bravura e direito civil. Quem ganha para si tanto pão quanto benefícios com a própria indústria pessoal e não é dono de terras não é senão parte da plebe menos miserável, mas não menos serva. Terra sem habitante pode existir; povo sem terra, jamais; por isso os poucos senhores das terras na Itália também serão sempre dominadores invisíveis e árbitros de nossa nação. Agora, de padres e frades, façamos sacerdotes; convertamos os titulados em patrícios; todos os plebeus, ou pelo menos muitos, em cidadãos ricos e possuidores de terras. Mas, atenção! Sem carnificinas, sem reformas sacrílegas da religião, sem facções, sem proscrições nem exílios, sem socorro e sangue e depredações de armas estrangeiras, sem divisão de terras, nem leis agrárias, nem roubos de propriedades familiares – porventura (do que entendi e entendo), se alguma vez esses remédios necessitassem nos liberar da nossa infame e perpétua servidão, eu não sei o que tomaria para mim – nem infâmia, nem servidão, mas também não seria o executor de remédios tão cruéis e, com frequência, ineficazes – pois ao indivíduo restam muitas vias de saúde além do sepulcro, mas uma nação não se pode soterrar inteira. Porém, se eu escrevesse, exortaria a Itália para que aceitasse em paz seu estado presente e deixasse à França a vergonhosa desgraça de ter privado tantas vítimas humanas da liberdade, sobre as quais a tirania dos Cinco, ou dos Quinhentos, ou de Um só – é a mesma coisa – plantou e plantará seu trono, vacilante de minuto em minuto, como todos os tronos que têm por alicerce os cadáveres.

O longo tempo em que não lhe escrevi não foi perdido para mim; pelo contrário, acredito ter ganhado até demais, mas ganhos fatais! O senhor T\*\*\* tem muitíssimos livros de filosofia política e de autoria dos melhores historiadores do mundo moderno. Por não querer ser visto tão seguidamente perto de Teresa e também por tédio e curiosidade, dois vigias instigadores do gênero humano, pedi que me mandassem aqueles livros; li alguns, folheei outros, e foram meus tristes companheiros deste inverno. É verdade que mais amável companhia me pareceram os passarinhos, os quais, lançados ao desespero pelo frio, procurando alimento perto das habitações dos homens, seus inimigos, pousavam em famílias e em tribos sobre a minha varanda, onde eu lhes preparava o almoço e o jantar. Mas talvez agora, que suas necessidades estão terminando, não me visitem mais. Enquanto isso, após minhas longas leituras, cheguei à conclusão de que não conhecer os homens é perigoso; mas conhecê-los quando não se tem ânimo de querer enganá-los também é fatal! Concluí que as muitas opiniões dos muitos livros e as contradições históricas induzem ao ceticismo pirrônico e fazem vagar na confusão, no caos e no nada; por isso, se eu precisasse escolher entre ler sempre ou nunca ler, escolheria não ler mais e talvez assim eu faça. Concluí que todos temos paixões vãs como é, de fato, a vaidade da vida, e que tal vaidade é, contudo, a fonte dos nossos erros, do nosso pranto e dos nossos delitos.

Mesmo assim, sinto aguçar cada vez mais na minha alma esse furor da pátria. E quando penso em Teresa – e se tenho esperança – volto a mim num instante, muito mais consternado do que antes, e digo outra vez: Se também a minha amiga fosse mãe dos meus filhos, meus filhos não teriam pátria; e a cara companheira da minha vida se daria conta disso, lamentando-se. – Que pena! Às outras paixões que fazem as mocinhas sentirem as dores na aurora do seu dia fugitivo, ainda mais as mocinhas italianas, acrescentou-se este infeliz amor pela pátria. Desviei o senhor T\*\*\* dos discursos de política, pelos quais se apaixona; sua filha não abria a boca. Mas eu também percebia como as angústias do seu pai e as minhas reviravam as entranhas daquela jovem. Você sabe que ela não é uma mulherzinha vulgar e, renunciando também aos seus interesses – pelos quais em outros tempos teria podido escolher outro marido – é dotada de um ânimo altivo e de pensamentos nobres. Vê o quanto me pesa este ócio de egoísta sombrio e frio em que consumo todos os meus dias. De fato, Lorenzo, mesmo calado, eu revelo a mim mesmo que sou miserável e vil. A vontade forte e a falta de poder tornam quem sente uma paixão política um miserável em si mesmo e, se não se cala, o fazem parecer ridículo para o mundo, associando-o com a figura de paladino de romance e de apaixonado impotente da própria cidade. Quando Catão se matou, um pobre patrício chamado Cozio o imitou: o primeiro foi admirado porque tinha antes tentado todas as maneiras de não servir; o outro foi ridicularizado, porque por amor à liberdade não soube senão se matar.

Porém, estando aqui, ao menos em pensamento, junto a Teresa (ainda tenho tanto domínio sobre mim que deixo passar três ou quatro dias sem vê-la) mesmo a lembrança dela me faz sentir um fogo suave, uma luz, uma consolação da vida – breve talvez, mas divina doçura – e assim me preservo por enquanto do desespero absoluto.

E, quando estou com ela – em outros você talvez não acreditasse, ó Lorenzo, em mim sim –, então não lhe falo de amor. Faz já meio ano que a sua alma se irmanou à minha, e meus lábios nunca quiseram lhe dar a certeza de que a amo. Mas como pode não estar certa disso? Seu pai joga xadrez comigo noites inteiras; ela trabalha sentada junto àquela mesinha, muito silenciosa, a não ser quando fala com os olhos; mas raramente e, abaixando-se depressa, não me pedem senão piedade. E que outra piedade posso dar-lhe exceto esta de manter ocultas, enquanto tiver forças, o quanto eu puder, todas as minhas paixões? E eu não vivo só para ela? E quando também este meu novo e suave sonho terminar, farei de bom grado cair o pano. A glória, o saber, a juventude, as riquezas, a pátria, todos os fantasmas que até agora representaram na minha comédia já não servem para mim. Deixarei o pano cair e permitirei que os outros mortais se esforcem para aumentar os prazeres e diminuir as dores de uma vida que a cada minuto se abrevia e que até aqueles mesquinhos gostariam de convencer-se de que é imortal.

Eis aqui, com a costumeira desordem, mas com serenidade incomum, a resposta à sua longa e afetuosíssima carta: você sabe explicar muito melhor as suas razões. Eu sinto demais as minhas; porém, pareço obstinado. Mas, se eu escutasse mais aos outros do que a mim, desagradaria, talvez, a mim mesmo; e em não desagradar a si próprio reside aquele pouco de felicidade que o homem pode esperar sobre a terra.

## 3 de abril

Quando a alma está completamente absorvida em uma espécie de beatitude, nossas frágeis faculdades oprimidas pela soma do prazer se tornam quase estúpidas, mudas e inadequadas a cada esforço. Se eu não levasse uma vida de santo, as minhas cartas lhe chegariam mais densas. Se as desventuras agravam a carga da vida, nós corremos para contá-las a algum infeliz, e ele exprime conforto ao saber que não é o único condenado às lágrimas. Porém, se algum momento de felicidade lampeja, nós nos concentramos totalmente em nós mesmos, temendo que nossa ventura possa, se partilhada, diminuir, ou nosso orgulho aconselha somente a compartilhar o triunfo. E depois, quem sabe descrever muito minuciosamente a própria paixão, feliz ou triste que seja, sente-a muito pouco. No entanto, a Natureza retorna bela, como deve ter sido quando, nascendo pela primeira vez do abismo disforme do caos, enviou, anunciadora, a risonha Aurora de abril, que deixou cair os seus loiros cabelos sobre o oriente; e enlaçando, pouco a pouco, o universo com seu manto róseo, difundiu beneficamente os frescos orvalhos e despertou o hálito virgem das aragens para anunciar às flores, às nuvens, às ondas e aos seres todos que a cumprimentavam, o Sol, o Sol! Sublime imagem de Deus, luz, alma, vida de toda a criação.

### 6 de abril

É verdade, demais! Esta minha fantasia me descreve com tanta realidade a felicidade que desejo, colocando-a diante dos meus olhos, e estou por um fio para tocá-la, mas me faltam ainda poucos passos – e depois? O meu triste coração a vê desaparecer e chora como se perdesse um bem possuído durante longo tempo. No entanto, ele lhe escreve que primeiro a intriga forense foi o motivo de atraso e que depois a revolução interrompeu por alguns dias o curso dos tribunais. Acrescente que onde predomina o interesse, as outras paixões se calam; um novo amor talvez, mas você vai dizer: "E tudo isso, o que importa?" Nada, caro Lorenzo; a Deus não apraz que eu me aproveite da frieza de Odoardo, mas não sei como é possível estar longe de Tereza mais um só dia! Então, vou cada vez me iludindo mais, para depois beber de uma vez a mortal bebida que eu mesmo me prepararei?

## *11 de abril*

Ela estava sentada em um sofá diante da janela que dava para as colinas, observando as nuvens passearem pela amplitude do céu. Disse-me: Olhe, que azul profundo! Eu estava a seu lado totalmente mudo, com os olhos fixos em sua mão, que segurava um livrinho entreaberto. – Não sei como – mas não percebi que a tempestade começava a rugir vinda do norte e lançava por terra as plantas mais jovens. Pobres arbustos!, exclamou Teresa. Estremeci. Adensavam-se as trevas da noite que os relâmpagos tornavam mais negras. Diluviava, trovejava; pouco depois vi as janelas fechadas e luzes na sala. O rapaz, para fazer o que costumava fazer todas as noites e temendo o mau tempo, veio para nos roubar o espetáculo da Natureza enraivecida, e Teresa, que estava imersa em pensamentos, não percebeu e deixou-o continuar.

Peguei-lhe das mãos o livro e, abrindo-o ao acaso, li: "A doce Glicéria deixou sobre os meus lábios o último suspiro. Com Glicéria perdi tudo o que nunca poderia perder. O seu túmulo é o único palmo de terra que me digno a chamar de meu. Ninguém, além de mim, sabe o lugar. Eu a cobri de densos roseirais, os quais florescem como um dia florescia o seu rosto e difundem a fragrância suave que exalava o seu peito. Todo ano, no mês das rosas, visito o pequeno bosque sagrado. Sento sobre aquele monte de terra que conserva os seus ossos, colho uma rosa e medito: *Assim você florescia um dia!* Despetalo aquela rosa, e a espalho – e relembro aquele doce sonho dos nossos amores. Oh, minha Glicéria, onde está você? Uma lágrima cai sobre a grama que cresce sobre a sepultura e sacia a sombra amorosa."

Calei-me. – Por que você não continua? – perguntou ela, suspirando e olhando para mim. Eu voltei a ler, e proferi novamente: *Assim você florescia um dia!* Minha voz ficou sufocada; uma lágrima de Teresa escorreu sobre a minha mão que apertava a sua.

## 17 de abril

Você se lembra daquela jovenzinha que quatro anos atrás passou as férias aos pés destas colinas? Era a paixão do nosso Olivo P\*\*\*, e você sabe como ele empobreceu, nem pôde mais casar com ela. Hoje eu a reencontrei, casada com um nobre, parente da família T\*\*\*. Passando por suas propriedades, veio visitar Teresa. Eu estava sentado no chão sobre o tapete e muito atento ao trabalho da minha Isabellina, que copiava o abecê sobre uma cadeira. Assim que a vi, levantei-me correndo ao seu encontro como que para abraçá-la. Estava tão diferente! Recatada, afetada, custou a reconhecer-me e depois demonstrou surpresa, mastigando um cumprimentozinho metade para mim, metade para Teresa. Aposto que me ver imprevistamente desconcertou-a. Mas tagarelando sobre joias, fitas, colares e toucas, recompôs-se. Eu esperava fazer a ela um ato de caridade graciosa desviando o assunto de tais caprichos; e como quase todas as jovens se fazem mais bonitas no rosto e não precisam de outros ornamentos quando modestamente falam do próprio coração, lembrei-a destes campos e daqueles dias bem-aventurados. – Ah, ah, respondeu distraidamente e começou a examinar o *trabalho preciso* dos seus brincos vindos do além-Alpes. Enquanto isso, o marido (que entre o *Povão dos pigmeus* desfrutou fama de *savant* como Algarotti e o \*\*\*), colocando para fora o seu genuíno *falar* toscano de mil frases francesas, enaltecia o valor daquelas ninharias e o bom gosto da sua esposa. Eu estava para ir pegar meu chapéu, mas um olhar de Teresa me fez ficar quieto. A conversa foi prosseguindo até cair nos livros que nós líamos no campo. Então você teria ouvido o Lorde tecer para nós o panegírico da *prodigiosa* biblioteca dos seus antepassados e da coleção de todas as edições *Príncipes* dos antigos que ele, nas suas viagens, teve o cuidado de *completar*. Eu ria por dentro, e ele prosseguia a sua aula de frontispícios. Quando Deus quis, voltou o empregado que fora buscar o senhor T\*\*\* para avisar Teresa que não o encontrara porque ele tinha saído para caçar nas montanhas, e a aula foi interrompida. Perguntei à mulher notícias de Olivo, que eu, depois dos seus infortúnios, não tinha mais visto. Você imaginará como ficou o meu coração quando ouvi a sua antiga amante responder friamente: – Já está morto. – Está morto! – exclamei, pulando e olhando-a estupefato. E descrevi para Teresa a notável índole daquele jovem sem igual e o seu destino adverso que o obrigou a combater contra a pobreza e a infâmia. Morreu, apesar disso, livre de estigma e culpa.

O marido então começou a contar-nos sobre a morte do pai de Olivo, as desavenças com seu irmão primogênito, as disputas cada vez mais acirradas e a sentença dos tribunais em que os juízes, entre dois filhos de um mesmo pai, para enriquecer um, saquearam o outro, devorando do pobre Olivo, entre as intrigas do tribunal, o pouco que lhe restava. Moralizava sobre esse jovem *extravagante* que recusou os socorros do irmão e, em vez de aplacá-lo, irritou-o cada vez mais. – Sim, sim, interrompi-o. – Se seu irmão não pôde ser justo, Olivo não devia ser vil. Triste é aquele que retira o coração dos conselhos e da compaixão da amizade, despreza os suspiros mútuos da piedade e recusa o pronto socorro que a mão do amigo oferece. Mas é mil vezes mais triste confiar na amizade do rico e, presumindo virtude em quem nunca foi desventurado, acolher o benefício que deverá depois ser pago com igual honestidade. A felicidade não se une à desventura, exceto para comprar a gratidão e tiranizar a virtude. O homem, animal opressor, abusa dos caprichos da sorte para assegurar-se o direito de oprimir. Apenas aos aflitos é concedido socorrer-se e consolar-se reciprocamente sem insultar-se; mas quem chega a sentar à mesa do rico logo, embora tarde, se dá conta de

> Quanto amarga; quanto anseia
> O sal de estranho pão.[8]

E por isso, oh, como é menos doloroso ir mendigando de porta em porta a vida, em vez de humilhar-se ou execrar o indiscreto benfeitor que, ostentando o seu benefício, exige como recompensa a sua vergonha e a sua liberdade!

Mas o senhor, respondeu-me o marido, não me deixou terminar. Se Olivo saiu da casa dos pais, renunciando a todos os interesses em prol do primogênito, *por que* depois quis pagar as dívidas do pai? Por quê? Não afrontou ele mesmo a indigência, hipotecando por causa dessa tola delicadeza também a sua parte do dote materno?

Por quê? Se o herdeiro fraudou os credores com subterfúgios legais, Olivo por acaso deveria tolerar que os ossos de seu pai fossem amaldiçoados por aqueles que na adversidade o tinham socorrido das suas riquezas e que ele fosse apontado nas ruas como filho de um falido? Essa generosa honestidade difamou o primogênito, que não tinha nascido para imitá-la e que, depois de ter tentado em vão o irmão com benefícios, jurou-lhe inimizade mortal e verdadeiramente feudal e fraterna. Olivo, a esse tempo, perdeu a ajuda daqueles que o admiravam talvez em segredo, porque foi subjugado pelos pérfidos, sendo mais cômodo aprovar a virtude do que defendê-la com a espada empunhada e segui-la. Por isso, o homem de bem sempre se arruína em meio aos malvados, e nós estamos acostumados a nos associar aos mais fortes, a pisar em quem está por terra e a julgar a cada acontecimento. – Não me respondiam e talvez estivessem convencidos, mas não persuadidos. Acrescentei: – Em vez de prantear Olivo, agradeço a Deus Todo-Poderoso, que o chamou para longe de tantas vilanias e das nossas imbecilidades. Por isso, para dizer a verdade, nós mesmos, nós devotos da virtude, somos também imbecis! Existem certos homens que precisam da morte porque não conseguem se acostumar com os delitos dos perversos nem com a falta de firmeza dos homens bons.

A mulher parecia comovida. Oh, infelizmente! – exclamou com um suspiro. Mas – quem precisa de pão não deve se preocupar muito com a honra.

Essa é também uma das suas blasfêmias! Explodi: Então, porque foram favorecidos pela sorte, vocês querem ser os únicos honestos, ou melhor, porque a virtude sob as suas obscuras almas não resplandece, querem reprimi-la também no peito dos infelizes que também não têm outro conforto e iludir, dessa maneira, as suas consciências? – Os olhos de Teresa me davam razão, contudo ela se esforçava para mudar o discurso, mas a viseira estava levantada, e como podia eu ficar calado? Agora sinto remorso por isso. Os olhos do casal estavam fixos no chão, e suas almas também caíram por terra quando gritei com voz altiva: – Aqueles que nunca foram desventurados não são dignos da própria felicidade. Orgulhosos! Olham a miséria para insultá-la; pretendem que tudo deva ser oferecido em tributo à riqueza e ao prazer. Mas o infeliz que preza a sua dignidade é um espetáculo de coragem para os bons e de repreensão para os malvados. – E saí enfiando as mãos nos cabelos. Agradeço aos primeiros acontecimentos da minha vida, que me fizeram desventurado! Lorenzo meu, agora eu talvez não seja seu amigo; agora eu talvez não seja amigo dessa jovem. Vem sempre à minha mente o acontecimento desta manhã. Aqui onde me sento sozinho, olho ao meu redor e temo rever algum dos meus conhecidos. Quem diria? O coração dela não palpitou ao nome de seu primeiro amor! Ousou perturbar as cinzas daquele que pela primeira vez lhe inspirou o universal sentimento da vida. Nem um único suspiro? Que loucura! Você se aflige porque não encontra entre os homens aquela virtude que talvez, ai!, talvez não seja nada além de um nome vazio – ou uma necessidade que muda com as paixões e as circunstâncias – ou uma índole prepotente em alguns poucos indivíduos, os quais, sendo generosos e piedosos por natureza, são obrigados à guerra perpétua contra a universalidade dos mortais; se bastasse! Mas é um problema quando, querendo ou não querendo, devem mesmo assim abrir os olhos à luz funesta do desengano!

Eu não tenho a alma negra; você sabe, meu Lorenzo, na minha primeira juventude, teria espalhado flores sobre as cabeças de todos os viventes. Quem me fez tão rígido e desconfiado em relação à maior parte dos homens senão a hipócrita crueldade deles? Eu perdoaria todas as afrontas que me fizeram. Mas quando passa diante de mim a venerável pobreza que, ao se cansar, mostra as veias sugadas pela onipotente opulência; e quando eu vejo tantos homens enfermos, aprisionados, esfomeados, todos suplicantes sob o terrível flagelo de certas leis, oh, não, eu não posso me reconciliar. Então, grito vingança com aquela multidão de miseráveis com os quais divido o pão e as lágrimas e me atrevo a perguntar novamente em seu nome a porção que herdaram da Natureza, mãe bondosa e imparcial. A Natureza? Mas se ela nos fez quem somos, não é, talvez, madrasta?

Sim, Teresa, eu viverei contigo, mas não viverei senão quando puder viver contigo. Você é um daqueles poucos anjos espalhados aqui e ali sobre a face da terra para dar valor ao amor da humanidade. Mas se eu a perdesse, que saída se abriria a este jovem aborrecido com todo o resto do mundo?

Se você a tivesse visto há pouco! Estendia-me a mão, dizendo-me – Seja discreto. E, de fato, aquelas duas pessoas me pareciam arrependidas. E se Olivo não tivesse sido infeliz, teria ele tido também, além da cova, um amigo?

Ai! Prosseguiu depois de um longo silêncio, para amar a virtude convém viver na dor? – Lorenzo! A sua alma celeste brilhava nos contornos do rosto.

### 29 de abril

Próximo dela, sou tão cheio de vida que mal sinto viver. Assim, quando desperto depois de um pacífico sono, se o raio de sol reflete sobre meus olhos, minha vista se ofusca e se perde em uma torrente de luz.

Há muito tempo me queixo da inércia em que vivo. Ao nascer das flores da primavera, eu me propus a estudar botânica e, em duas semanas, recolhi nas encostas várias dezenas de plantas que agora não sei mais onde coloquei. Muitas vezes, esqueci o meu tratado de botânica sobre os bancos do jardim, ou aos pés de alguma árvore, até que finalmente o perdi. Ontem Michel me trouxe duas folhas totalmente úmidas de orvalho e hoje de manhã me trouxe a notícia de que o restante foi destruído pelo cão do horticultor.

Teresa me repreende: para agradá-la me ponho a escrever, mas, ainda que comece com a melhor das disposições, não consigo ir em frente por mais de três ou quatro frases. Procuro mil assuntos, e me vêm mil ideias: escolho, rejeito, depois volto a escolher; escrevo afinal, rasgo, apago e, muitas vezes, perco manhã e tarde, a mente se cansa, os dedos abandonam a pena, e me dou conta de ter jogado fora tempo e esforço. Se não lhe disse que escrever livros é algo que vai além das minhas forças, acrescente meu estado de ânimo, e você se dará conta de que, se lhe escrevo uma carta de vez em quando, não é pouco. Oh, a tola figura que eu faço quando ela se senta trabalhando e eu leio! Interrompo-me de vez em quando, e ela: – Prossiga! Volto a ler: depois de duas páginas a minha pronúncia se torna mais rápida e termina murmurando em cadência. Teresa suspira: – Oh, leia um pouco de modo que eu o entenda! – Eu continuo, mas os meus olhos, não sei como, desviam-se inadvertidamente do livro e ficam imóveis sobre aquele rosto angelical. Fico mudo, o livro cai e se fecha, perco a página, nem consigo mais encontrá-la. Teresa tenta ficar brava, mas sorri.

Se eu compreendesse todos os pensamentos que passam pela minha imaginação! Anoto-os sobre papéis e sobre as margens do meu Plutarco, mas, tão logo escritos, escapam-me da mente e, quando os procuro sobre o papel, reencontro abortos de ideias reduzidas, desconexas, muito frias. Esse artifício de anotar os pensamentos em vez de deixá-los amadurecer dentro da inteligência é mesmo miserável! Mas assim se fazem livros compostos em miscelânea com os livros dos outros. – Para mim também, sem intenção, tornou-se uma miscelânea. Em um livrinho inglês, encontrei uma história de desventura, e a cada frase parecia-me ler as desgraças da pobre Lauretta: – O Sol ilumina todos os lugares e todos os anos os mesmos problemas sobre a terra! – Então eu, para não parecer interromper o trabalho, tentei escrever os casos de Lauretta, traduzindo exatamente aquela parte do livro inglês, excluindo, alterando, acrescentando muito pouco de meu. Teria contado a verdade, enquanto o meu texto talvez seja um romance. Eu queria, com o exemplo daquela desafortunada criatura, mostrar a Teresa um espelho da *fatal* infelicidade do amor. Mas você acredita que as opiniões, os conselhos e os exemplos das perdas dos outros não servem para nada senão para estimular nossas paixões? Além disso, em vez de contar a história de Lauretta, falei de mim: tal é o estado da minha alma, volta sempre a tocar as próprias feridas. Porém, não me convém deixar que Teresa leia estas três ou quatro folhas: eu lhe faria mais mal do que bem. Por enquanto deixo também de escrever. Leia-as você. Adeus.

# Fragmento da História de Lauretta

"Não sei se o céu repara na terra. Ainda que alguma vez tenha reparado (ou pelo menos no primeiro dia em que a *raça* humana começou a pulular), creio que o Destino tenha escrito nos livros eternos:

O HOMEM SERÁ INFELIZ

Não ouso apelar dessa sentença, porque talvez eu não soubesse a qual tribunal; tanto mais que me é oportuno acreditar que ela é útil para as tantas outras *raças* viventes nos inumeráveis mundos. Agradeço, todavia, àquela Mente que, misturando-se ao universo dos entes, sempre os faz reviver após destruí-los; porque com as misérias nos deu, ao menos, o dom do pranto e puniu aqueles que, com uma insolente filosofia, querem se rebelar contra o destino humano, negando-lhes os inexauríveis prazeres da compaixão. *Se você vir algum aflito e choroso não chore.*[9] Estoico! Ou não sabe que as lágrimas de um homem capaz de compaixão são, para o infeliz, mais doces do que o orvalho sobre a grama seca?

Ó, Lauretta! Eu chorei contigo sobre o caixão do seu pobre amante e recordo que minha compaixão abrandava a amargura da sua dor. Você se abandonava sobre meu peito, seus loiros cabelos cobriam meu rosto, e seu pranto molhava minha face; depois, com o seu lencinho você me enxugava e enxugava as suas lágrimas que voltavam a brotar dos seus olhos e a escorrer sobre seus lábios. – Abandonada por todos! – Mas eu não, eu jamais a abandonei.

Quando você vagava, fora de si, pelas praias desertas do mar, eu seguia sorrateiramente os seus passos para poder salvá-la do desespero da dor. Depois a chamava pelo nome e você me estendia a mão e sentava ao meu lado. Subia no céu a Lua, e você, olhando-a, cantava piedosamente. Alguém teria ousado zombar de você, mas o Consolador dos desgraçados, que olha com o mesmo olho a loucura e a sabedoria dos homens e que se compadece com seus delitos e suas virtudes, ouvia, talvez, as suas palavras aflitas e lhe inspirava algum conforto. As preces do meu coração a acompanhavam, e Deus aceita os votos e os sacrifícios das almas aflitas. As ondas gemiam com a frágil maré, e os ventos que as encrespavam impeliam-nas quase a tocar a margem onde estávamos sentados. E você, levantando-se apoiada no meu braço, dirigia-se àquela pedra onde ainda lhe parecia ver seu Eugenio, e ouvir sua voz, e sentir sua mão e seus beijos. – Agora o que me resta? – perguntava ela. A guerra me distancia dos meus irmãos, e a morte me roubou o pai e o amante; abandonada por todos!

Ó Beleza, gênio benéfico da natureza! Lá, onde você mostra o seu amável sorriso, brinca a alegria e se difunde a volúpia para eternizar a vida do universo, quem não conhece você e não a ouve desagrada o mundo e a si mesmo. Mas quando a virtude a torna mais estimada, e as desventuras, ao tirar-lhe a arrogância e a inveja da felicidade, mostram você aos mortais com os cabelos esparsos e desprovidos das alegres guirlandas, quem é aquele que pode passar na sua frente e não lhe oferecer outra coisa a não ser um inútil olhar de compaixão?

Mas eu lhe oferecia, ó Lauretta, as minhas lágrimas, e esse meu eremitério onde *você teria comido do meu pão, bebido do meu copo e adormecido sobre o meu peito.*[10] Tudo o que eu tinha! E comigo talvez sua vida, embora não feliz, pelo menos teria sido livre e pacífica. O coração na solidão e na paz pouco a pouco vai esquecendo as angústias, porque a paz e a liberdade se satisfazem com a simples e solitária natureza.

Em uma noite de outono, a Lua acabara de se mostrar para a Terra, refratando os raios sobre as nuvens transparentes, que, acompanhando-a, de hora em hora, cobriam-na mais e, esparsas pela amplitude do céu, raptavam do mundo as estrelas. Nós estávamos absorvidos com as longínquas fogueiras dos pescadores e com o canto do gondoleiro, que com o remo rompia o silêncio e a quietude da laguna escura. Mas Lauretta, voltando-se, procurou ao redor, com os olhos, o seu apaixonado, levantou-se e vagou um pouco, chamando-o. Então, cansada, voltou para onde eu estava e se sentou, como que assustada pela sua solidão. Olhando para mim, parecia querer me dizer: Você também vai me abandonar! – E chamou o seu cachorrinho.

Eu? Quem teria imaginado que aquela seria a última noite que eu a veria! Estava vestida de branco, uma fita celeste prendia seus cabelos, e três amores-perfeitos murchos despontavam em meio ao linho que cobria o seu peito. Eu a acompanhei até a porta de casa; e sua mãe, que veio abrir, agradeceu-me pelo cuidado que eu tinha para com sua infeliz filha. Quando fiquei sozinho, percebi que o seu lencinho tinha ficado entre minhas mãos: – Eu o devolverei amanhã, pensei.

Seus males já começavam a diminuir, e eu, talvez, é verdade, não podia lhe devolver seu Eugenio, mas teria sido seu marido, pai, irmão. Meus compatriotas perseguidores, valendo-se de vilões estrangeiros, proscreveram repentinamente o meu nome. Nem pude, ó Lauretta, deixar-lhe, nem sequer, um último adeus.

Quando eu penso no futuro e fecho os olhos para não tomar conhecimento dele, estremeço e me abandono à memória dos dias passados, eu fico por um bom tempo vagando sob as árvores destes vales, recordando a beira do mar, as fogueiras distantes e o canto do gondoleiro. Apoio-me em um tronco – estou pensando –, *o céu a tinha concedido a mim, mas o destino adverso roubou-a!* Trago o seu lenço. *Infeliz quem ama por ambição! Mas o seu coração, ó Lauretta, é feito para a natureza pura.* Enxugo os olhos e retorno para casa ao cair da noite.

O que você faz enquanto isso? Retorna, vagando ao longo das praias e enviando orações e lágrimas a Deus? Venha! Você colherá os frutos do meu jardim, *você beberá do meu copo, comerá do meu pão, repousará sobre meu peito* e sentirá como bate, como hoje bate de modo muito diverso o meu coração. Quando o seu martírio despertar e seu espírito for vencido pela paixão, eu estarei a seu lado para segurá-la no meio do caminho e para guiá-la, caso se perca, até minha casa jamais chegarei em silêncio, pois lhe deixarei livre pelo menos o conforto do pranto. Serei seu pai, irmão, mas o meu coração, se você visse o meu coração! Uma lágrima molha o papel e apaga o que vou escrevendo.

Eu a vi toda florida de juventude e de beleza e depois enlouquecida, errante, órfã. Eu a vi beijar os lábios agonizantes do seu único consolador e mais tarde ajoelhar-se com piedosa superstição diante de sua mãe, chorando e implorando para que retirasse a maldição que aquela mãe infeliz tinha lançado contra a filha. Assim, a pobre Lauretta me deixou para sempre no coração a compaixão pelas suas desventuras. Preciosa herança que eu gostaria também de dividir com todos vocês, a quem não resta outro conforto que o de amar a virtude e de compadecer-se dela. Vocês não me conhecem, mas nós, quem quer que vocês sejam, nós somos amigos. Não odeiem os homens prósperos, apenas fujam deles."

### 4 de maio

Você viu, depois dos dias de tempestade, prorromper entre as áureas nuvens do oriente o vivo raio do Sol reconsolando a natureza? Assim é, para mim, a visão dela. Descarto meus desejos, condeno minhas esperanças, choro meus enganos: não, eu não a verei mais; eu não a amarei. Ouço uma voz que me chama de traidor, a voz de seu pai! Enfureço-me contra mim mesmo e sinto ressurgir no meu coração uma virtude curadora, um arrependimento. Estou, portanto, firme em minha resolução; mais firme do que nunca. Mas e depois? Ao surgir do seu semblante, retornam as ilusões, e a minha alma se transforma e se esquece de si mesma e se extasia na contemplação da beleza.

### 8 de maio

*Ela não o ama; mesmo que quisesse amá-lo, não pode.* É verdade, Lorenzo, mas se eu consentisse rasgar o véu dos meus olhos, deveria logo fechá-los em sono eterno, porque, sem essa luz angelical, a vida para mim seria terror; o mundo, caos; e a Natureza, noite e deserto. Em vez de apagar uma por uma as tochas que iluminam a perspectiva do teatro e desenganar vilmente os espectadores, não seria muito melhor baixar a cortina de repente e deixá-los em sua ilusão? *Mas se o engano lhe faz mal*, que importa? Se o desengano me mata!

Em um domingo ouvi o padre repreender os camponeses porque se embriagavam. Ele não percebia como negava àqueles infelizes o conforto de adormecer na embriaguez da noite as fadigas do dia, de não sentir a amargura do pão banhado de suor e de lágrimas, e de não pensar no rigor e na fome que o próximo inverno ameaçava.

## 11 de maio

Convém dizer que a Natureza também necessita deste globo e da espécie de viventes litigiosos que o habitam. E para prover a conservação de todos, em vez de amarrar-nos em recíproca fraternidade, fez cada homem amigo de si mesmo, e de bom grado cada um deles aspiraria ao extermínio do universo para viver mais seguro da própria existência e permanecer déspota solitário de toda a criação. Nenhuma geração viu a doce paz em seu curso, a guerra foi sempre o árbitro dos direitos, e a força dominou todos os séculos. Assim, o homem, ora aberto, ora secreto, sempre implacável inimigo da humanidade, conservando-se com todos os meios, conspira contra a intenção da Natureza, que tem necessidade da existência de todos. Os descendentes de Caim e Abel, embora imitem seus parentes primitivos e se trucidem perpetuamente um ao outro, vivem e se propagam. Agora ouça: acompanhei esta manhã por algum tempo Teresa e sua irmãzinha à casa de uma conhecida delas que veio de férias. Eu acreditava que almoçaria na companhia delas, mas, para a minha desgraça, desde a semana passada, tinha prometido ao cirurgião que me encontraria com ele no almoço e, se Teresa não me lembrasse disso, para dizer a verdade, eu teria esquecido. Coloquei-me então a caminho uma hora antes do meio-dia, mas, por causa do calor, no meio do percurso, deitei-me debaixo de uma oliveira – após o vento fora de época de ontem, hoje aconteceu um calor excessivo, entediante – e eu fiquei ali no fresco, despreocupado, como se já tivesse almoçado. Virando a cabeça, percebi um camponês que me olhava com raiva: – O que o senhor está fazendo aqui?

– Como o senhor pode ver, estou descansando.

– O senhor tem propriedades? – bateu com violência a terra com a coronha da sua espingarda.

– Por quê?

– Porque... deite-se sobre os seus prados, se o senhor os tem, e não venha pisar na grama dos outros – e indo embora –, ai do senhor se o encontrar na volta!

Eu não me mexi, e ele se foi. De início, não dei atenção às suas bravatas, mas pensando nelas novamente *se o senhor os tem*! Se a sorte não tivesse concedido aos meus pais dois palmos de terra, você teria me negado, até na parte mais estéril do seu prado, a extrema piedade do túmulo! Observando, porém, que a sombra da oliveira se alongava, lembrei-me do almoço.

Há pouco, voltando para casa, encontrei na minha porta o mesmo homem desta manhã. – Senhor, eu o esperava, se por acaso ficou com raiva de mim, peço-lhe perdão.

– Coloque de volta o chapéu: eu não me ofendi.

Mas por que este meu coração, nas mesmas circunstâncias, por vezes é tão pacífico, por vezes tão tempestuoso? Dizia aquele viajante: *O fluxo e refluxo dos meus humores governa toda a minha vida.* Talvez um minuto antes o meu desprezo tivesse sido muito mais grave do que o insulto. Por que, então, perdoar a vontade de quem ofende, permitindo que ele nos possa perturbar com uma injúria não merecida? Veja como o amor-próprio adulador tenta, com essa pomposa sentença, atribuir-me por mérito uma ação que é derivada talvez de – quem sabe? Em ocasiões como essa, não tive a mesma moderação; é verdade que, após meia hora, filosofei contra mim, mas a razão veio mancando; e o arrependimento, para quem aspira à sabedoria, é sempre tardio, mas eu não aspiro a ela: sou um dos tantos filhos da terra, nada mais, e trago comigo todas as paixões e as misérias da minha espécie.

O camponês continuava repetindo: – Eu fui grosseiro com o senhor, mas não o conhecia. Aqueles trabalhadores que cortavam o feno nos prados próximos me advertiram depois.

– Não importa, bom homem. Como será a sua colheita este ano?

– Sofreremos com a carestia. Agora peço-lhe, senhor meu, perdoe-me. Quisera Deus que eu o tivesse reconhecido!

– Cavalheiro, reconhecendo ou não, o senhor não incomoda ninguém, porque de todo o modo correria o risco ou de se tornar inimigo do rico, ou de maltratar o pobre. Quanto a mim, não se preocupe.

– Muito bem, senhor; Deus o recompense. – E partiu. E talvez faça pior, ele tem um certo "quê" de despudorado no rosto, e a razão dos animais racionais, quando não sentem vergonha, a razão é muito perniciosa a quem quer que se relacione com eles.

E enquanto isso? Crescem a cada dia os mártires perseguidos pelo novo usurpador da minha pátria.

Quantos continuarão vivendo miseravelmente, refugiados e exilados, sem o leito de pouca grama nem a sombra de uma oliveira – Deus sabe! O estrangeiro infeliz é expulso até da encosta onde as ovelhas pastam tranquilamente.

### 12 de maio

Não, não ousei, não ousei. Eu poderia abraçá-la e apertá-la aqui, contra este coração. Eu a vi adormecida: o sono mantinha fechados aqueles grandes olhos negros, mas as rosas do seu semblante se espalhavam mais vivas do que nunca em sua face orvalhada. Seu belo corpo repousava abandonado sobre um sofá. Um braço lhe sustentava a cabeça, e o outro pendia languidamente. Eu muitas vezes a vi passear e dançar; ouvi até no fundo da alma a sua harpa e a sua voz. Eu a adorei cheio de temor, como se a tivesse visto descer do paraíso – mas bela como hoje nunca a tinha visto, nunca. Suas vestes deixavam transparecer os contornos daquelas formas angelicais, e a minha alma a contemplava. O que mais posso dizer? Todo o furor e o êxtase do amor tinham me inflamado e me arrebatado para fora de mim. Eu tocava suas vestes como um devoto, e seus cabelos perfumados, e o buquê de amores-perfeitos que ela tinha entre os seios. Sim, sim, debaixo dessa mão que se tornou sagrada, senti palpitar seu coração. Eu respirava o hálito de sua boca entreaberta e estava para sugar toda a volúpia daqueles lábios celestiais: um beijo seu! Teria abençoado as lágrimas que há tanto tempo bebo por ela, mas então eu a ouvi suspirar no sono: recuei, quase repelido por uma mão divina. Fui eu quem a ensinou a amar e a chorar? E você procura um breve momento de sono porque perturbei suas noites inocentes e tranquilas? Com esse pensamento me prostrei diante dela completamente imóvel, controlando a respiração, e fugi para não a despertar para a vida angustiante na qual geme. Ela não se queixa, e isso me atormenta ainda mais. Mas o seu rosto cada vez mais triste, e aquele olhar piedoso para mim, e o silenciar sempre ao ouvir o nome de Odoardo, e o suspirar pela sua mãe. Ah! O céu não a teria concedido a nós se não devesse, ela também, participar do sentimento da dor. Eterno Deus! Você existe para nós, mortais? Ou é um pai desnaturado para as suas criaturas? Sei que, quando você enviou sobre a terra a Virtude, sua filha primogênita, lhe deu como guia a Desventura. Mas por que depois você deixou a Juventude e a Beleza tão frágeis a ponto de não poder suportar as disciplinas de tão austera instrutora? Em todas as minhas aflições, ergui os braços até você, mas não ousei murmurar nem chorar: ai, agora! Por que agora me fazer conhecer a felicidade se eu deveria desejá-la tão ferozmente e perder a esperança de tê-la para sempre? Não, Teresa é toda minha; você a deu para mim porque criou em mim um coração capaz de amá-la imensamente, eternamente.

### 13 de maio

Se eu fosse pintor! Que rica matéria para o meu pincel! O artista imerso na deliciosa ideia do belo adormece ou pelo menos aplaca todas as outras paixões. Mas se você também fosse pintor? Vi nos pintores e nos poetas a bela e, às vezes, também, a pura natureza; mas a suma natureza, imensa, inimitável, jamais a vi pintada. Homero, Dante e Shakespeare, três mestres de todos os talentos sobre-humanos, revestiram minha imaginação e inflamaram meu coração: molhei com lágrimas ardentes os seus versos e adorei suas sombras divinas, como se as visse sentadas sobre as abóbadas excelsas que se elevam acima do universo a dominar a eternidade. Mesmo com os originais que eu vejo diante de mim e que enchem todas as potências da minha alma, eu não ousaria, Lorenzo, não ousaria, ainda que eu fosse Michelangelo, traçar as primeiras linhas. Deus Todo-Poderoso! Quando você contempla uma noite de primavera por acaso se deleita com a sua criação? Você derramou em mim, para me consolar, uma fonte inesgotável de prazer, e eu a olhei muitas vezes com indiferença. Sobre o cume do monte dourado pelos pacíficos raios do Sol que vai desaparecendo, eu me vejo cercado por uma cadeia de colinas, sobre as quais ondulam as searas e se agitam as videiras sustentadas, em ricos cordões, pelas oliveiras e pelos olmos. As encostas e os cumes ao longe vão se ampliando como se estivessem sobrepostos. Abaixo de mim, as encostas do monte são fendidas em precipícios inférteis entre os quais as sombras da noite escurecem e pouco a pouco se levantam; o fundo sombrio e horrível parece a boca de um abismo. Na vertente sul, o ar é dominado pelo bosque que cobre e escurece o vale onde pastam as ovelhas ao fresco e as cabras desgarradas pendem das encostas. Cantam melancolicamente os pássaros como se chorassem o dia que morre, mugem as novilhas, e o vento parece comprazer-se com o sussurrar das frondes. Mas ao norte se dividem as colinas, e se abre aos olhos uma interminável planície: distinguem-se, nos campos vizinhos, os bois que voltam para casa, o cansado agricultor os segue apoiado no cajado e, enquanto as mães e as mulheres preparam o jantar para a cansada família, exalam fumaça as distantes moradias, ainda embranquecidas, e as cabanas espalhadas pelo campo. Os pastores ordenham o rebanho, e a velhinha que estava fiando na porta do redil abandona o trabalho e vai acariciando e esfregando o novilho, e os cordeirinhos balem em torno de suas mães. Enquanto isso, a visão vai se afastando, e depois de longuíssimas fileiras de árvores e de campos termina no horizonte onde tudo diminui e se confunde. Ao partir, o Sol lança poucos raios, como se aquele fosse o extremo adeus que dá à Natureza; e as nuvens se avermelham, em seguida vão definhando e, pálidas, afinal se ocultam: então, a planície se perde, as sombras se espalham sobre a face da terra e eu, quase em meio ao oceano, daquela parte não encontro senão o céu.

Ontem à noite, de fato, após mais de duas horas de estática contemplação de uma bela noite de maio, eu desci do monte passo a passo. O mundo estava aos cuidados da noite, e eu não ouvia senão o canto da camponesa e não via nada além das fogueiras dos pastores. Cintilavam todas as estrelas, e, enquanto eu cumprimentava uma por uma as constelações, a minha mente adquiria um não sei quê de celeste, e o meu coração se elevava como se aspirasse a uma região muito mais sublime que a terra. Eu estava sobre o pequeno monte junto à igreja, soava o sino dos mortos, e o pressentimento do meu fim atraiu meu olhar para o cemitério onde, em montes cobertos de grama, dormem os antigos antepassados do vilarejo – Fiquem em paz, ó nuas relíquias: a matéria retornou à matéria; nada diminui, nada cresce, nada se perde aqui embaixo, tudo se transforma e se reproduz – destino humano! Menos infeliz quem menos o teme. Exausto, deitei-me de bruços no bosque dos pinheiros, e, naquela muda escuridão, desfilavam na minha mente todas as minhas desventuras e todas as minhas esperanças. Para qualquer parte que eu corresse desejando a felicidade, depois de uma amarga viagem cheia de erros e de tormentos, eu via escancarada a sepultura onde acabaria, com todos os males e todos os bens desta inútil vida. E me sentia abatido e chorava porque tinha necessidade de consolo – e aos soluços eu invocava Teresa.

### *14 de maio*

Também ontem à tarde, voltando da montanha, eu repousei cansado sob aqueles pinheiros; também ontem à noite invoquei Teresa. Ouvi um pisotear entre as árvores e me pareceu escutar algumas vozes sussurrando. Pareceu-me depois ver Teresa com sua irmã – e, desconcertadas ao me verem, fugiram. Eu as chamei pelo nome, e Isabellina, reconhecendo-me, atirou-se sobre mim com mil beijos. Ergui-me. Teresa se apoiou no meu braço, e nós passeamos taciturnos ao longo da margem do riacho até o lago das cinco fontes. E lá ficamos quase consensualmente parados a contemplar Vênus, que lampejava sobre os nossos olhos. – Oh! – disse ela, com aquele doce entusiasmo todo seu. – Você não acha que Petrarca também deve ter visitado com frequência estes lugares ermos, suspirando entre as sombras pacíficas da tarde pela sua amiga perdida? Quando leio seus versos, eu o imagino aqui, melancólico, errante, apoiado no tronco de uma árvore, nutrindo-se de tristes pensamentos e voltando-se para o céu, buscando com os olhos lacrimosos a beleza imortal de Laura. Eu não sei como aquela alma, que tinha em si tanto do espírito celeste, pôde sobreviver entre tanta dor e permanecer entre as misérias dos mortais – oh, quando se ama de verdade! – E pareceu-me que ela me apertava a mão, e eu sentia que o meu coração não queria mais ficar no peito. – Sim! Você foi criada para mim, nasceu para mim, e não sei como pude sufocar essas palavras que me irrompiam dos lábios. Ela subia a colina, e eu a seguia. Minhas energias eram todas de Teresa, mas a tempestade que as tinham agitado estava suficientemente aplacada. – Tudo é amor, disse eu, o universo não é senão amor! E quem o sentiu mais, quem mais além de Petrarca o fez tão docemente sentir? Aqueles poucos gênios que se elevaram acima de tantos outros mortais me espantam de admiração, mas Petrarca me enche de confiança religiosa e de amor; e enquanto o meu intelecto se sacrifica a ele como a uma divindade, o meu coração o invoca como um pai e amigo consolador. Teresa suspirou e sorriu.

A subida a cansara: descansemos, disse ela. A grama estava úmida, e eu lhe apontei uma amoreira ali perto. A amoreira mais bela que eu já tinha visto. Alta, solitária, frondosa: entre seus galhos há um ninho de pintassilgos – ah, queria poder erguer, sob a sombra daquela amoreira, um altar! A menininha, nesse tempo, tinha nos deixado, pulando para cima e para baixo, colhendo florezinhas e jogando-as nos vaga-lumes que pairavam. Teresa estava sentada debaixo da amoreira, e eu me sentei ao lado dela com a cabeça apoiada no tronco, recitando para ela as odes de Safo – a Lua surgia – oh! – por que enquanto escrevo meu coração bate assim tão forte? Abençoada noite!

### *14 de maio, onze horas*

Sim, Lorenzo! Antes eu considerei não lhe contar isso. Agora, todavia, ouve, a minha boca está orvalhada – de um beijo dela – e a minha face foi inundada pelas lágrimas de Teresa. Ela me ama – deixe-me, Lorenzo, deixe-me em todo o êxtase deste dia de paraíso.

### *14 de maio, à noite*

Oh, quantas vezes retomei a pena e não pude continuar, sinto-me um pouco mais calmo e volto a lhe escrever. Teresa estava deitada debaixo da amoreira, mas o que posso lhe dizer que não esteja contido nestas palavras? *Eu o amo.* A essas palavras, tudo o que eu via pareceu um riso do universo: eu contemplava o céu com olhos de reconhecimento e me parecia que ele se abria para nos acolher! Ah! E por que não vem a morte? Eu a invoquei. Sim, beijei Teresa; as flores e as plantas exalavam naquele momento um odor suave; as auras estavam todas em completa harmonia; os cursos d'água ressoavam ao longe; e todas as coisas se embelezavam ao esplendor da Lua, que estava toda cheia da luz infinita da Divindade. Os elementos e os seres exultavam na alegria de dois corações ébrios de amor – beijei e beijei de novo aquela mão – e Teresa me abraçava tremendo por inteiro e transfundia os seus suspiros na minha boca, e o seu coração palpitava sobre este peito: olhando-me com seus grandes olhos lânguidos, ela me beijava, e seus lábios úmidos entreabertos murmuravam sobre os meus. – Ai! De repente, separou-se do meu peito quase aterrorizada, chamou a irmã e se levantou correndo, indo ao seu encontro. Eu me prostrei diante dela e estendi os braços como se fosse agarrar suas roupas, mas não me atrevi a segurá-la nem a chamá-la de volta. Sua virtude, e não tanto a virtude quanto sua paixão espantava-me: sentia e sinto remorso por tê-la primeiro provocado em seu coração inocente. E é remorso – remorso de traição! Ah, meu coração covarde! – Aproximei-me dela tremendo. – Não posso jamais ser sua! – E pronunciou essas palavras do fundo do coração e com um olhar com o qual parecia reprovar-se e apiedar-se de mim. Acompanhado-a ao longo do caminho, não me olhou mais, nem eu tinha mais coragem de lhe dizer uma palavra sequer. Ao chegar à grade do jardim, Isabellina pegou a minha mão e se despediu: Adeus, disse ela, e, voltando-se depois de alguns passos – Adeus.

Eu fiquei estático: teria beijado as pegadas de seus pés: um de seus braços pendia e seus cabelos reluzentes ao raio da Lua esvoaçavam suavemente: mas depois, quando o longo caminho e a fosca sombra das árvores me concediam entrever suas ondulantes vestes que de longe ainda branqueavam, e porque eu a tinha perdido, prestava atenção esperando ouvir a sua voz. Partindo, virei-me com os braços abertos, como para me consolar com o planeta Vênus: também ele tinha desaparecido.

## 15 de maio

Depois daquele beijo eu me tornei divino. Minhas ideias estão mais elevadas e alegres; o meu aspecto, mais exultante; o meu coração, mais compassivo. Parece que tudo se embeleza aos meus olhares, o lamento dos pássaros e o murmúrio dos zéfiros entre as frondes são hoje mais suaves do que nunca; as plantas se fecundam e as flores se colorem sob meus pés; não fujo mais dos homens, e toda a Natureza parece minha. O meu espírito é todo beleza e harmonia. Se eu devesse esculpir ou pintar a Beleza, desdenhando todos os modelos terrenos, eu a encontraria na minha imaginação. Ó Amor! As belas artes são suas filhas; você primeiro guiou sobre a terra a sagrada poesia, único alimento dos animais generosos que, ao transmitir pela solidão os seus cantos sobre-humanos até as gerações posteriores, as estimulam com as vozes e os pensamentos inspirados pelo céu às altíssimas façanhas: você reacende em nossos corações a única verdadeira virtude útil aos mortais, a Piedade, por quem às vezes sorriem os lábios do infeliz condenado aos suspiros; e por você revive sempre o prazer fecundador dos seres, sem o qual tudo seria caos e morte. Se você fugisse, a Terra se tornaria desagradável; os animais, inimigos entre si; o Sol, fogo maléfico; e o Mundo, pranto, terror e destruição universal. Agora que a minha alma resplandece a partir de um raio seu, eu esqueço as desventuras, rio das ameaças do destino e renuncio às tentações do que está por vir. Ó Lorenzo! Fico muitas vezes deitado na margem do lago das cinco fontes: sinto-me acariciar o rosto e os cabelos pelas brisas que, soprando, revolvem a grama, alegram as flores e encrespam as límpidas águas do lago. Você acredita? Eu, delirando deliciosamente, vejo diante de mim as Ninfas nuas, saltitantes, coroadas de rosas, e invoco na sua companhia as Musas e o Amor. Fora dos cursos d'água que caem sonoros e espumosos, vejo saírem até o peito, com os cabelos gotejantes, espalhados sobre os ombros orvalhados e com os olhos risonhos, as Náiades, amáveis guardiãs das fontes. *Ilusões!*, grita o filósofo. – Ou não é tudo ilusão? Tudo! Bem-aventurados os antigos que se acreditavam dignos dos beijos das divas imortais do céu; que faziam sacrifícios à Beleza e às Graças; que difundiam o esplendor da divindade sobre as imperfeições do homem; que encontravam o BELO e o VERDADEIRO ao afagar os ídolos da sua fantasia! *Ilusões!* No entanto, sem elas eu não sentiria a vida a não ser na dor ou (o que me assusta ainda mais) na rígida e entediante indolência: e se este coração não quiser mais sentir, eu vou arrancá-lo do peito com as minhas mãos e o enxotarei como um servo infiel.

## 21 de maio

Ai de mim, que noites longas, angustiantes! O temor de não revê-la me desperta: devorado por um pressentimento profundo, ardente, inquieto, lanço-me da cama para a varanda e não concedo repouso para os meus membros nus enregelados antes de distinguir sobre o oriente um raio do dia. Corro palpitando ao seu lado e, atônito, sufoco as palavras e os suspiros: não compreendo, não ouço: o tempo voa e a noite me afasta daquela estada no paraíso. – Ah, relâmpago! Você rompe as trevas, resplandece, passa e aumenta o terror e a escuridão.

## 25 de maio

Agradeço-lhe, eterno Deus, agradeço-lhe! Você então retirou o seu suspiro, e Lauretta deixou para a terra as suas infelicidades: você ouve os gemidos que partem das profundezas da alma e envia a Morte para desatar das correntes da vida as suas criaturas perseguidas e aflitas. Minha querida amiga! Que o seu sepulcro beba ao menos estas lágrimas, únicas exéquias que eu posso lhe oferecer: que os torrões de terra que a escondem sejam cobertos de grama fresca, e das bênçãos de sua mãe e da minha. Você, enquanto vivia, esperava de mim algum conforto; contudo, não pude nem ao menos lhe prestar as últimas homenagens; mas nos reencontraremos, sim.

Quando eu, caro Lorenzo, me recordava daquela pobre inocente, certos pressentimentos gritavam dentro da minha alma: *Está morta*. Se você não tivesse me contado, certamente eu não teria sabido, jamais; quem se preocupa com a virtude quando ela está revestida de pobreza? Muitas vezes comecei a escrever para ela. A pena caiu, e eu molhei o papel com lágrimas: temia que não me contasse sobre os novos martírios e me despertasse no coração uma corda cuja vibração não cessaria tão cedo. Que pena! Nós evitamos compreender os males dos nossos amigos; as suas misérias são graves para nós e nosso orgulho desdenha oferecer o conforto das palavras, tão caro aos infelizes quando a elas não se pode unir um socorro verdadeiro e real. Mas talvez ela e sua mãe me incluíssem entre a multidão daqueles que, embriagados pela prosperidade, abandonam os infelizes. O céu sabe! Enquanto isso, Deus soube que ela não podia resistir mais: *Ele mitiga os ventos em favor do cordeiro recém-tosquiado*! E você deve também se lembrar de como ela um dia voltou para casa trazendo, fechado na cestinha de trabalho, o crânio de um morto e nos mostrava, e ria, e mostrava o crânio em meio a uma nuvem de rosas. – *E são tantas e tantas, dizia para nós, estas rosas, e eu as limpei de todos os espinhos, e amanhã elas vão murchar, mas eu comprarei outras porque todo dia, todo mês, crescem rosas, e a morte as leva todas. – Mas o que você quer fazer, ó Lauretta*, eu disse a ela. *Vou coroar este crânio com rosas, e todos os dias com rosas frescas* – respondeu, rindo sempre com suave amabilidade. E naquelas palavras, e naquele sorriso, e naquele ar de rosto demente, e naqueles olhos fixos no crânio, e naqueles dedos pálidos e trêmulos que iam entrelaçando as rosas – você também percebeu como às vezes o desejo de morrer é ao mesmo tempo necessário e muito suave, e eloquente até mesmo nos lábios de uma jovem enlouquecida.

Voltarei, Lorenzo: convém que eu saia, meu coração incha e geme como se não quisesse mais ficar no peito. Sobre o cume de um monte sinto que sou um pouco mais livre; mas, aqui no meu quarto, estou quase enterrado em um sepulcro.

Subi na mais alta montanha; os ventos se enfureciam; eu via os carvalhos oscilarem sob os meus pés, a selva rugia como mar revolto; o vale ecoava; e sobre o penhasco da encosta se acomodavam as nuvens – na terrível majestade da Natureza, a minha alma atônita e assombrada esqueceu seus males e voltou por alguns momentos a ficar em paz consigo mesma.

Queria lhe falar sobre grandes coisas: passam-me pela mente, estou pensando nelas! Estorvam-me o coração, aglomeram-se, confundem-se: não sei mais por qual delas devo começar. Depois, de uma só vez, escapam de mim, e prorrompo em um pranto copioso. Corro como um louco sem saber para onde e por quê; sem perceber os meus pés me arrastam entre os precipícios. Eu me elevo acima dos vales e dos campos mais abaixo; magnífica e inesgotável criação! Meus olhares e meus pensamentos se perdem no horizonte distante. – Vou subindo e estou ali – em pé – ofegante – olho para baixo, ah, abismo! – ergo os olhos, horrorizado, e desço, impetuoso, aos pés da colina, onde o vale é mais sombrio. Um pequeno bosque de carvalhos jovens me protege dos ventos e do sol; dois cursos d'água murmuram aqui e ali em voz baixa; os ramos sussurram e um rouxinol. Gritei com um pastor que viera roubar do ninho os seus filhotinhos; o pranto, a desolação, a morte daqueles frágeis inocentes que iam ser vendidos por uma moeda de cobre, assim é! Agora, apesar de eu tê-lo compensado do lucro que esperava ter e que tenha me prometido não perturbar mais os passarinhos, você acredita que ele não voltará para afligi-los? E lá eu descanso. Onde você foi, ó bom tempo de antes! A minha razão está doente e não pode confiar senão na sonolência, e ai se sentisse toda a sua enfermidade! Quase, quase – pobre Lauretta! Talvez você me chame e talvez daqui a pouco eu vá. Tudo, tudo aquilo que existe para os homens não é senão a sua fantasia. Antes, entre os precipícios, a morte me assustava; e à sombra daquele pequeno bosque eu teria fechado os olhos com prazer em sono eterno. Fabricamos a realidade a nosso modo; nossos desejos vão se multiplicando com nossas ideias; suamos por aquilo que, com outra roupagem, nos entedia; e nossas paixões não são, em resumo, nada além dos efeitos de nossas ilusões. O que está ao meu redor atrai ao meu coração aquele doce sonho da minha infância. Oh! Como eu corria com você por estes campos, agarrando-me a esta ou àquela arvorezinha de fruta, esquecidos do passado, não nos importando a não ser com o presente, exultando por coisas que minha imaginação aumentava e que depois de uma hora já não existiam mais, pondo outra vez todas as esperanças nas brincadeiras da próxima festa. Mas aquele sonho se foi! E quem me garante que neste momento eu não esteja sonhando? Bem, você, meu Deus, você que criou os corações humanos, só você sabe que sono terrível é esse que eu durmo, sabe que nada me resta além do pranto e da morte.

Assim deliro! Mudei votos e pensamentos, e quanto mais a Natureza é bela, tanto mais queria vê-la vestida de luto. E parece mesmo que hoje ela acolheu o meu pedido. No inverno passado, eu estava feliz: quando a Natureza dormia mortalmente, minha alma parecia tranquila – e agora?

Mesmo assim me consolo na esperança de que alguém chorará por mim. Na aurora da vida eu buscarei, talvez em vão, o restante dos meus anos, que me será roubado pelas paixões e pelas desventuras, mas a minha sepultura será banhada por suas lágrimas, pelas lágrimas daquela jovem celestial. E quem porventura cede esta cara e atormentada existência a um eterno esquecimento? Quem por acaso viu pela última vez os raios do Sol, quem saudou a Natureza para sempre, quem abandonou os deleites, as esperanças, os enganos, as próprias dores sem deixar atrás de si um desejo, um suspiro, um olhar? Os entes queridos que sobrevivem a nós são parte de nós. Nossos olhos moribundos pedem aos outros algumas gotas de pranto; o nosso coração aprecia que o recente cadáver seja sustentado por braços amorosos e procura um peito que possa assimilar nosso último suspiro. Geme a Natureza até mesmo no túmulo, e o seu gemido vence o silêncio e a escuridão da morte.

Debruço-me na sacada, agora que a imensa luz do Sol vai se apagando e que as trevas raptam do universo aqueles lânguidos raios que lampejam no horizonte e na opacidade do mundo melancólico e taciturno; contemplo a imagem da Destruição devoradora de todas as coisas. Depois volto os olhos para os bosques de pinheiros plantados pelo meu pai sobre aquela colina junto à porta da paróquia e entrevejo branquear entre as frondes agitadas pelos ventos a pedra da minha cova. E me parece ver você chegar com minha mãe e abençoar, ou perdoar, pelo menos, as cinzas do infeliz filho. E rezo para mim, consolando-me: talvez Teresa virá solitária ao amanhecer, entristecer-se docemente sobre as minhas antigas memórias e me dizer um outro adeus. Não! A morte não é dolorosa. E se alguém colocar as mãos na minha sepultura e desarrumar o meu esqueleto para tirar da noite no qual jazerão as minhas ardentes paixões, as minhas opiniões, os meus delitos – talvez; não me defenda, Lorenzo, mas responda apenas: *Era homem e infeliz.*

## 26 de maio

Ele vem, Lorenzo – ele retorna.

Escreveu da Toscana, onde vai ficar por vinte dias, e a carta é datada de 18 de maio, duas semanas no máximo – portanto!

## 27 de maio

Mas penso: e é mesmo verdade que essa imagem de anjo dos céus existe aqui, neste mundo inferior, entre nós? Suspeito estar apaixonado pela criatura da minha fantasia.

E quem não quereria amá-la, mesmo se infeliz? E onde está o homem tão aventureiro, com o qual eu poderia me dignar a mudar o meu estado deplorável? Mas como eu posso, por outro lado, ser tão carrasco comigo mesmo para me atormentar – ou não o vejo? E sempre não o vi? Sem nenhuma esperança? Talvez! Um certo orgulho nela, da sua beleza e das minhas angústias – não me ama, e a sua compaixão encobrirá uma traição. Mas aquele seu beijo celeste que está sempre sobre os meus lábios e me domina todos os pensamentos? E aquele seu pranto? Ah, mas depois o momento me escapa; ela nem mais se atreve a me olhar. Sedutor! Eu? E quando ouço trovoar na alma aquela terrível sentença *Jamais serei sua*; eu passo de furor em furor e planejo delitos de sangue. Não você, inocente virgem, só eu, só eu tentei a traição e a terei, quem sabe consumado.

Oh! Mais um beijo seu, e depois me abandone aos meus sonhos e aos meus suaves delírios: eu morrerei aos seus pés, mas todo seu e sabendo que a deixei inocente – mas ao mesmo tempo infeliz! Se você não puder se casar comigo, será ao menos minha companheira na sepultura. Ah, não, que a pena deste amor fatal se volte contra mim. Que eu chore por toda a eternidade, mas que o céu, ó Teresa, não queira que você seja infeliz por muito tempo, nem por minha causa! No entanto, eu a perdi, e você me roubou de você, você mesma. Ah, se você me amasse como eu a amo!

E, contudo, Lorenzo, em dúvidas tão cruéis e em tantos tormentos, a cada vez que peço conselho à minha razão, ela me reconforta dizendo: *Você não é imortal*. Agora vamos, soframos, portanto; e até os extremos – sairei, sairei do inferno da vida, e basta eu somente: a essa ideia rio da sorte, dos homens e quase da onipotência de Deus.

## 28 de maio

Com frequência eu imagino o mundo todo de cabeça para baixo e o Céu, o Sol, o Oceano e todos os globos em chamas e no nada. Mas se mesmo em meio à universal ruína eu pudesse estreitar outra vez Teresa – apenas mais uma vez entre estes braços, eu invocaria a destruição da criação.

## 29 de maio, ao amanhecer

Ó ilusão! Por que em meus sonhos esta alma é um paraíso, e Teresa está ao meu lado e a sinto suspirar sobre a minha boca, mas encontro em seguida um vazio, um vazio de túmulo? Se ao menos aqueles bem-aventurados momentos nunca tivessem vindo ou nunca tivessem fugido! Esta noite eu procurava tateando aquela mão que ela puxou do meu peito pareceu-me escutar ao longe um gemido seu, mas as cobertas ensopadas de lágrimas, meus cabelos suados, meu coração ansioso, a densa e muda escuridão – tudo, tudo gritava: *Miserável, você delira!* Assustado e lânguido me lancei de bruços sobre a cama, abraçando o travesseiro, tentando me atormentar novamente e me iludir.

Se você me visse cansado, esquálido, taciturno, a vagar para cima e para baixo pelas montanhas, buscando Teresa e temendo encontrá-la, muitas vezes resmungando comigo mesmo, a chamar, implorar por ela e responder às minhas vozes: queimado pelo Sol me enfio no bosque, adormeço ou deliro – ai, muitas vezes a cumprimento como se a visse e me parece abraçá-la e beijá-la – depois ela desaparece, e eu mantenho os olhos fixos sobre os precipícios de algum penhasco. Sim! Convém que eu acabe com isso.

### *29 de maio, à noite*

Fugir então, fugir, mas para onde? Acredite em mim, eu me sinto doente: apenas sustento este corpo para poder arrastá-lo até a casa de campo e confortar-me naqueles olhos e beber outro gole de vida, talvez o último – mas sem ela eu ainda iria querer este inferno? Há pouco a cumprimentei para vir embora; não respondeu. Desci as escadas; mas não podia me afastar do seu jardim. Você acredita? Olhar para ela me acanha.

Vendo-a depois descer com a irmã, tentei me deslocar para debaixo de uma pérgola e fugir dali. Isabellina gritou: alma minha, alma minha, você não nos viu? Quase atingido por um raio me joguei sobre uma cadeira, a menina se atirou no meu pescoço, acariciando-me e me dizendo ao pé do ouvido: Por que fica sempre calado? Não sei se Teresa me olhou; desapareceu em uma alameda. Depois de meia hora, voltou para chamar a menina que ainda estava no meu colo, e me dei conta de que seus olhos estavam vermelhos de tanto chorar; não me disse nada, mas me matou com um olhar que me dizia: Você me reduziu a isso.

### *2 de junho*

Aqui está tudo em seus verdadeiros aspectos. Ai! Não sabia que em mim se abrigava esta fúria que me atropela, me queima, me destrói e mesmo assim não me mata. Onde está a Natureza? Onde está a sua imensa beleza? Onde está o entrelaçar pitoresco das colinas que eu contemplava da planície, elevando-me com a imaginação nas regiões dos céus? Parecem-me penhascos nus, e não vejo nada além de precipícios. Suas encostas cobertas de sombras hospitaleiras se tornaram entediantes para mim: eu passeava ali tempos atrás, entre as enganosas meditações da nossa frágil filosofia. Por qual objetivo nos fazem conhecer as nossas enfermidades e não oferecem os remédios para curá-las? Hoje eu ouvi gemer a floresta aos golpes dos machados: os camponeses derrubaram carvalhos de duzentos anos – tudo se acaba aqui em baixo!

Olho as plantas que uma vez evitava pisar, e me detenho sobre elas, e as arranco, e as despetalo, lançando-as entre a poeira arrebatada pelos ventos. Que gema comigo o universo!

Saí muito antes do Sol e, correndo pelos sulcos, procurava no cansaço do corpo algum torpor para esta alma tempestuosa. Minha testa estava toda suada, e meu peito arfava com uma respiração difícil. Soprava o vento da noite e desarrumava meus cabelos, congelando o suor que caía pelo meu rosto. Oh! Desde aquela hora sinto por todos os membros um arrepio, as mãos frias, os lábios lívidos e os olhos errantes entre as nuvens da morte.

Se ao menos ela não me perseguisse com a sua imagem em todo lugar que eu vou, plantando-se diante de mim; porque ela, ó Lorenzo, porque ela move aqui dentro de mim um terror, um desespero, uma raiva, uma grande guerra – e penso às vezes em raptá-la e levá-la comigo para os desertos, longe da prepotência dos homens. Ah, desgraçado! Bato na minha testa e blasfemo. Partirei.

## Lorenzo
## A quem lê

*Talvez você, ó Leitor, tenha se tornado amigo de Jacopo e anseie conhecer a história de sua paixão, então eu, para narrá-la, vou primeiro interromper a série de suas cartas.*

*A morte de Lauretta exacerbou sua melancolia, que se tornou ainda mais trágica pelo iminente retorno de Odoardo. Diminuiu as visitas à casa de T\*\*\* e não falava com mais ninguém. Emagrecido, macilento, com os olhos encovados, mas escancarados e pensativos, a voz triste, os passos lentos, andava mais agasalhado, sem chapéu e com os cabelos caindo pelo rosto. Passava as noites inteiras vagando pelos campos e durante o dia foi frequentemente visto dormindo debaixo de alguma árvore. Nisso, Odoardo retornou na companhia de um jovem pintor de Roma. Naquele mesmo dia, encontraram Jacopo. Odoardo foi ao seu encontro, abraçando-o, e Jacopo, quase assombrado, recuou. O pintor lhe disse que, tendo ouvido falar dele e de sua inteligência, havia muito tempo desejava conhecê-lo pessoalmente. – Ele o interrompeu:* Eu? Eu, meu senhor, nunca pude conhecer a mim mesmo nos outros mortais e não acredito que os outros possam conhecer a si mesmos em mim.

*Eles pediram uma interpretação de tão ambíguas palavras, e, como resposta, ele se envolveu no seu manto, meteu-se por entre as árvores e desapareceu. Odoardo se queixou desse comportamento com o pai de Teresa, que já começava a temer a paixão de Jacopo.*

*Teresa, dotada de uma índole menos ressentida, mas apaixonada e ingênua, propensa a uma afetuosa melancolia, privada na solidão de qualquer outro amigo do peito, na idade em que fala em nós a doce necessidade de amar e de sermos amados, começou a confidenciar a Jacopo toda a sua alma, e pouco a pouco se apaixonou por ele, mas não ousava admitir isso a si mesma. Depois da noite daquele beijo, vivia muito reservada, fugindo do amado e tremendo na presença do pai. Afastada da mãe, sem conselho nem conforto, aterrorizada pelo futuro, pela virtude e pelo amor, tornou-se solitária, quase nunca falava, lia sempre, abandonou o desenho, a harpa e as vestimentas e era com frequência surpreendida pelos familiares com lágrimas nos olhos. Evitava a companhia das jovens amigas que na primavera passavam férias nas colinas Eugâneas e fugia de todos e da irmãzinha. Sentava por muitas horas nos lugares mais isolados do jardim. Reinavam assim naquela casa um silêncio e certa desconfiança que preocuparam o noivo, aflito também pelos modos desdenhosos de Jacopo, incapaz de simulação. Naturalmente, falava com ênfase e, embora conversando fosse taciturno, entre* *os amigos era falador, pronto ao riso e a uma alegria franca, excessiva. Mas naqueles dias as suas palavras e cada ato seu eram veementes e amargos como a sua alma. Instigado uma noite por Odoardo, que justificava o Tratado de Campoformio, ele começou a polemizar, a gritar como um possuído, a ameaçar, a bater na própria testa e a chorar de raiva. Tinha sempre um ar categórico; mas o senhor T\*\*\* me contou que, nessas ocasiões, ou ficava enterrado em seus pensamentos, ou conversava e se empolgava de repente; os seus olhos davam medo e, às vezes, no meio do discurso, abaixava-os, inundados de pranto. Odoardo tornou-se mais cauteloso e suspeitou do motivo da mudança de Jacopo.*

*Assim passou junho inteiro. O pobre rapaz tornava-se cada vez mais sombrio e doente, não escrevia mais para a família, nem respondia às minhas cartas. Foi visto com frequência pelos camponeses cavalgando à rédea solta por locais íngremes, no meio das sebes e através das valas, e é de se admirar como ele não sofreu nenhum acidente. Certa manhã, o pintor, estando a retratar a perspectiva dos montes, ouviu a sua voz no bosque. Aproximou-se furtivamente e entendeu que ele declamava uma cena da tragédia de Saul. Então ele conseguiu desenhar o retrato de Ortis, que está na capa desta edição, precisamente quando ele fazia uma pausa, pensativo, depois de ter proferido estes versos do Ato I, Cena I:*

*...Impetuoso*
*Já estaria eu entre os inimigos ferrenhos*
*Agredido por um longo tempo, teria já abandonado*
*Assim a vida horrível que eu vivo.*¹¹

*Então o viu subir até o cume da montanha, olhar para baixo resolutamente com os braços abertos e, de repente, retroceder, exclamando:* Ó minha mãe!

*Em um domingo, ficou para o almoço na casa de T\*\*\*. Implorou a Teresa para que ela tocasse e ele mesmo entregou-lhe a harpa. Enquanto ela começava, o pai entrou e sentou-se a um canto. Jacopo parecia inundado por uma doce melancolia, e a sua aparência estava se reanimando, mas pouco a pouco abaixou a cabeça e recaiu em uma melancolia mais compassiva do que antes. Teresa olhava de soslaio e esforçava-se para reprimir o pranto: Jacopo percebeu, mas, não podendo se conter, levantou-se e saiu. O pai, comovido, virou-se para Teresa dizendo-lhe:* Ó filha minha, então você quer arruinar com você a nós todos? *A essas palavras, as lágrimas dela brotaram imprevistamente; jogou-se nos braços do pai e confessou-se. Nesse momento, entrava Odoardo; e a repentina partida de Jacopo, a atitude de Teresa e a perturbação do senhor T\*\*\* confirmaram suas dúvidas. Essas coisas eu escutei da boca de Teresa.*

*No dia seguinte, que era a manhã de 7 de julho, Jacopo foi até Teresa e lá encontrou o noivo e o pintor que fazia o retrato nupcial. Teresa, confusa e trêmula, saiu depressa como para cuidar de alguma coisa da qual tinha se esquecido; mas, passando diante de Jacopo lhe disse ansiosamente em voz baixa:* Meu pai sabe de tudo. *Ele não se moveu, nem mudou de expressão, caminhou três ou quatro vezes para cima e para baixo na sala e saiu. Durante todo o dia, não se mostrou a ninguém. Michel, que o esperava para o almoço, procurou-o em vão. Não se recolheu à casa antes do soar da meia-noite. Deitou-se vestido sobre a cama e mandou o empregado ir dormir. Pouco depois se levantou e escreveu.*

### Meia-noite

Eu mandava à Divindade os meus agradecimentos e os meus votos, mas nunca a temi. Porém, agora que sinto todo o flagelo das desventuras, eu a temo e suplico.

Meu intelecto está cego, minha alma está prostrada, meu corpo está abatido pelo langor da morte.

É verdade! Os desgraçados têm necessidade de outro mundo diferente deste, onde comem um pão amargo e bebem a água misturada às lágrimas. A imaginação o cria e o coração se consola. A virtude, sempre infeliz aqui embaixo, persevera com a esperança de um prêmio – mas infelizes aqueles que, para não serem maus, precisam da religião!

Prostrei-me em uma pequena igreja localizada em Arquá, porque sentia a mão de Deus pesar sobre o meu coração.

Serei frágil, Lorenzo? Que o céu jamais lhe faça sentir a necessidade da solidão, das lágrimas e de uma igreja!

### *Duas horas*

O céu está enfurecido: as estrelas são raras e pálidas; e a Lua, metade enterrada entre as nuvens, bate com raios lívidos nas minhas janelas.

### *Ao amanhecer*

Lorenzo, não ouve? Seu amigo o invoca: nada de sono! Desponta um raio do dia e talvez seja para despertar meus males. – Deus não me ouve. Ao contrário, condena-me a cada minuto à agonia da morte e obriga-me a amaldiçoar os meus dias, mesmo que não estejam manchados por delito algum.

O quê? Se você é *um Deus forte, prepotente, zeloso, que vê as iniquidades dos pais nos filhos e que visita no seu furor a terceira e a quarta geração,*[12] deverei eu ter esperança de apaziguá-lo? Manda para mim – não para os outros, mas para mim – a sua ira, a qual *rea-*

*cende no inferno as chamas*[13] que deverão arder milhões e milhões de povos aos quais você não se deu a conhecer. Mas Teresa é inocente, e, em vez de julgá-lo cruel, adora-o com uma serenidade muito suave de espírito. Eu não o adoro, justamente porque o temo – e mesmo assim sinto que preciso de você. Dispa-se, por favor! Dispa-se dos atributos com os quais os homens o vestiram para fazê-lo semelhante a eles. Não é você, por acaso, o Consolador dos aflitos? E o seu Filho Divino não se chamava o *Filho do Homem*? Ouça-me, então. Este coração o escuta, mas não se ofenda pelo gemido com o qual a Natureza comprime as entranhas diladeradas do homem. E murmuro contra você, choro, e o invoco na esperança de libertar a alma minha – de libertá-la? Mas como, se ela não está repleta de você? Se não lhe implorou na prosperidade, se só evita a sua ajuda, se pede o seu braço agora quando está prostrada na miséria? Se o teme e não tem em você qualquer esperança? Não espera, não deseja senão Teresa: e somente nela eu o vejo.

Eis, Lorenzo, declarado, o delito pelo qual Deus retirou o olhar de mim. Nunca o adorei como adoro Teresa. Blasfêmia! Igual a Deus aquela que será, com um sopro, esqueleto e nada? Veja o homem humilhado. Deverei, então, antepor Teresa a Deus? Ah, ela exala beleza celeste e imensa, beleza onipotente. Meço o universo com um olhar, contemplo com olhos atônitos a eternidade; tudo é caos, tudo se evapora e se anula. Deus me é incompreensível, e Teresa está sempre diante de mim.

*Dois dias depois, ele adoeceu. O pai de Teresa foi visitá-lo e aproveitou a ocasião para persuadi-lo a se afastar das colinas Eugâneas. Como era discreto e generoso, estimava a inteligência e o espírito de Jacopo, e o amava como o melhor amigo que pudesse ter. Assegurou-se que, em circunstâncias diversas, consideraria ornamentar a sua família, tomando por genro um jovem que compartilhava de alguns erros do nosso tempo, dotado de indômita têmpera de coração, e que de qualquer modo tinha, no dizer do senhor T\*\*\*, opiniões e virtudes dignas dos séculos antigos. Mas Odoardo era rico e de uma família com cujo parentesco o senhor T\*\*\* se livraria das perseguições e armadilhas dos seus inimigos, que o acusavam de ter desejado a verdadeira liberdade de seu país, delito capital na Itália. Porém, aparentando-se a Ortis, teria acelerado a sua ruína e a da própria família. Além disso, havia comprometido a sua palavra; e, para mantê-la, chegara a se separar de sua esposa querida. Os orçamentos domésticos não lhe consentiam casar Teresa com um grande dote, necessário para o medíocre patrimônio de Ortis. O senhor T\*\*\* me escreveu essas coisas e as disse a Jacopo, que já as conhecia* *e as escutou com aspecto muito tranquilo; mas não ouviu tão tranquilamente a respeito do dote.* – Não, *interrompeu-o,* exilado, pobre, obscuro a todos os mortais, eu preferiria enterrar-me vivo a pedir sua filha em casamento. Sou desafortunado, mas não vil. Meus filhos jamais deverão reconhecer a sua sorte pela riqueza da mãe. Sua filha é mais rica que eu e está prometida. E então?, *respondeu o senhor T\*\*\*.* – *Jacopo não disse nada. Ergueu os olhos ao céu e, depois de um bom tempo:* Ó Teresa!, *exclamou,* você será de qualquer modo infeliz! – Ó amigo meu, *acrescentou, então, amorosamente o senhor T\*\*\*,* e por quem mais começou a ser infeliz senão por você? Estava já resignada à sua condição, por amor a mim, e apenas ela podia reconciliar os pobres pais. Ela o amou, você que também a ama com tal altiva generosidade e que também lhe roubou um noivo e manterá na discórdia uma casa na qual foi, é e sempre será acolhido como um filho. Ceda; afaste-se por alguns meses. Talvez tivesse encontrado em outros um pai severo: mas eu! Fui também eu desventurado; experimentei as paixões, infelizmente! E as experimento, aprendi a lamentá-las, porque sinto eu também a necessidade de ser motivo de compaixão. Decerto aprendi com você, nesta minha idade envelhecida, como às vezes se estima o homem que nos prejudica, especialmente se é dotado de tal caráter, a ponto de fazer parecer generosos e tremendos os afetos que em outros parecem ao mesmo tempo culpados e risíveis. Eu não os dissimulo para você: desde o primeiro dia que o conheci, você assumiu uma inexplicável influência sobre mim, a ponto de me forçar, ao mesmo tempo, a temê-lo e a amá-lo: com frequência eu contava os minutos, impaciente por revê-lo, e ao mesmo tempo eu me sentia tomado por um tremor súbito e secreto quando os meus servos me davam a notícia de que você vinha subindo as escadas. Agora tenha piedade de mim, da sua juventude e da reputação de Teresa. Sua beleza e saúde estão definhando; suas entranhas se consomem no silêncio e por você. Eu lhe imploro, parta em nome de Teresa, sacrifique a sua paixão pela tranquilidade dela e não queira que eu seja ao mesmo tempo o amigo, o marido e o pai mais miserável que já nasceu. – *Jacopo parecia comovido, porém, não mudou o semblante, nem lhe caíram lágrimas dos olhos, nem respondeu uma só palavra, embora o senhor T\*\*\*, na metade do discurso, tenha se contido a custo para não chorar e ficou ao lado da cama de Jacopo até tarde da noite. Mas nem um nem outro abriu a boca novamente, a não ser quando se despediram. A doença do jovem se agravou e nos dias seguintes piorou por causa de uma febre perigosa.*

*Enquanto isso, eu, aterrorizado com as recentes cartas de Jacopo e com as do pai de Teresa, estudava todas as possibilidades de acelerar a partida do meu amigo, como único remédio para a sua violenta paixão. Não tive coragem de revelá-la a sua mãe, que já tivera muitas outras dolorosas provas da sua índole capaz de excessos; apenas disse-lhe que ele estava um pouco doente e que a mudança de ares certamente lhe faria bem.*

*Naquela mesma época, começavam a se tornar mais cruéis as perseguições em Veneza. Não existiam leis, mas tribunais arbitrários; não havia acusadores nem defensores, mas delatores de pensamentos, delitos novos, desconhecidos para aqueles que eram punidos por eles, e penas imediatas, inapeláveis. Os maiores suspeitos queixavam-se, encarcerados; os outros, apesar da antiga e exemplar fama, eram retirados à noite das suas casas, espancados pelos capangas, arrastados para as fronteiras e abandonados à sorte, sem a despedida dos parentes e privados de qualquer socorro humano. Para alguns poucos, o exílio distante desses modos violentos e infames foi suma clemência. E eu, mesmo tardio, e não último e tácito mártir, vago há meses fugitivo pela Itália, voltando sem qualquer esperança os olhos marejados para as margens da minha pátria. Por isso, receoso também pela liberdade de Jacopo, convenci a mãe dele, apesar de muito desolada, a orientar-lhe que até tempos melhores procurasse refúgio em outro país; até porque quando ele deixou Pádua se desculpou alegando os mesmos perigos. A carta foi confiada a um servo que chegou às colinas Eugâneas na noite de 15 de julho e encontrou Jacopo ainda na cama, apesar de muito melhor. Estava sentado ao seu lado o pai de Teresa. Leu a carta em voz baixa e colocou-a sobre o travesseiro, logo depois a releu e pareceu comovido, mas não falou sobre isso.*

*No dia 19 levantou-se da cama. No mesmo dia, sua mãe lhe escreveu novamente, enviando-lhe dinheiro, duas promissórias e várias cartas de recomendação, pedindo-lhe, pelo amor de Deus, que partisse. Muito antes do anoitecer, foi até Teresa e não encontrou ninguém além de Isabellina, a qual, muito comovida, contou-me que ele se sentou mudo, levantou-se, beijou-a e foi embora. Voltou depois de uma hora e, subindo as escadas, a encontrou novamente, apertou-a contra o peito, beijou-a várias vezes e banhou-a em lágrimas. Pôs-se a escrever, mudou várias folhas e depois rasgou todas elas. Vagueou pensativo pelo horto. Um servo, passando ali ao escurecer, o viu deitado: ao passar de novo, encontrou-o de pé junto ao portão, pronto para sair e com a cabeça voltada, muito atento, para a casa banhada pela Lua.*

*Voltando para casa, enviou novamente o mensageiro para avisar à mãe que amanhã de madrugada estava de partida. Pediu os cavalos na estalagem mais próxima. Antes de se deitar, escreveu a seguinte carta para Teresa e a entregou ao horticultor. Ao amanhecer, partiu.*

## *Nove horas*

Perdoe-me, Teresa; eu desgracei a sua juventude e a tranquilidade da sua casa, mas fugirei. Nem eu me acreditava dotado de tamanha constância. Posso deixá-la e não morrer de dor, e não é pouco; usemos, portanto, este momento, enquanto o coração me governa e a razão não me abandona inteiramente. Minha mente também está imersa no único pensamento de amá-la para sempre e de chorar por você. Mas será minha obrigação não mais lhe escrever, nem nunca mais a rever senão quando estiver completamente certo de poder deixá-la tranquila de verdade. Hoje a procurei em vão, para lhe dizer adeus. Receba ao menos, ó Teresa, estas últimas linhas que eu molho, você vê, com lágrimas muito amargas. Mande-me a qualquer momento, em qualquer lugar, o seu retrato. Se a amizade, se o amor, ou a compaixão e a gratidão lhe falam ainda por este desconsolado, não me negue o alívio que vai adoçar todos os meus sofrimentos. Seu pai vai me concedê-lo, espero. Ele, ele que poderá vê-la e escutá-la e se sentir reconfortado por você; enquanto eu, nas horas fantásticas da minha dor e das minhas paixões, entediado com o mundo inteiro, desconfiado de todos, caminhando sobre a terra de hospedaria em hospedaria, dirigindo voluntariamente os meus passos em direção à sepultura – porque tenho realmente necessidade de repouso – enquanto isso eu me consolarei beijando, dia e noite, a sua imagem: e assim você me infundirá, de longe, constância para suportar a vida. Enquanto eu tiver forças, eu a suportarei por você, juro. E você reze – reze, ó Teresa, das profundezas do seu coração puríssimo, ao Céu – não que ele me perdoe as dores, que talvez as tenha merecido e que talvez sejam inseparáveis da índole da minha alma, mas que não me leve as poucas faculdades que ainda me restam, para tolerá-las. Com a sua imagem, tornarei menos angustiantes as minhas noites e menos tristes os meus dias solitários, aqueles em que terei, todavia, de viver sem você. Morrendo, eu voltarei a você os últimos olhares, confiarei a você o meu suspiro, derramarei sobre você a minha alma, levarei você comigo, agarrada ao meu peito, para a minha sepultura. Se é mesmo meu destino que eu feche os olhos em terra estrangeira, onde nenhum coração chorará por mim, eu a chamarei silenciosamente à minha cabeceira e me parecerá vê-la naquele aspecto, naquele ato, com aquela mesma piedade que eu via em você, quando uma vez, muito antes de você saber que me amava, muito antes de você se dar conta do meu amor – quando eu era ainda inocente em relação a você – você cuidou de mim na minha doença. De você não tenho senão a única carta que me escreveu quando eu estava em Pádua: tempo feliz! Mas quem diria? Naquela época me parecia que você me aconselhava a voltar: e agora? Escrevo o decreto e executarei em poucas horas o decreto de nossa eterna separação. Daquela sua carta, começa a história do nosso amor, e nunca me abandonará. Ó minha Teresa! E estes também são delírios; mas são, também, o único consolo de quem é irremediavelmente infeliz. Adeus. Perdoe-me, minha Teresa – ai de mim, eu me considerava mais forte! – Escrevo mal e com uma letra pouco legível; mas trago a alma dilacerada e lágrimas nos olhos. Por favor, não me negue o seu retrato. Entregue-o a Lorenzo; se ele não puder fazê-lo chegar até mim, vai mantê-lo como uma santa herança que lhe recordará sempre as suas virtudes, a sua beleza e o único eterno infelicíssimo amor do seu pobre amigo. Adeus, mas não é o último, você me verá de novo. Desse dia em diante, serei feito de tal modo a obrigar os homens a ter piedade e respeito pela nossa paixão; e para você não será mais delito me amar – ainda que, antes que eu a reveja, a minha dor me cavasse a cova, permita-me que eu torne querida a morte com a certeza de que você me amou. Agora sim eu sinto em que dor eu a deixo! Oh! Pudesse morrer aos seus pés! Oh! Morrer e ser enterrado na terra que terá os seus ossos – mas adeus.

*Michel me disse que o seu patrão passou por duas estalagens, extremamente silencioso, com aspecto muito* *calmo e quase sereno. Depois pediu o seu baú de viagem; e, enquanto trocavam os cavalos, escreveu o seguinte bilhete ao senhor T\*\*\*:*

Senhor e amigo meu,
Ao horticultor da minha casa, entreguei ontem à noite uma carta a ser entregue à senhorita. Embora eu a tenha escrito quando já estava firmemente decidido a me afastar, temo, de qualquer modo, ter depositado naquele papel tanta aflição a ponto de afligir aquela inocente. Portanto, meu senhor, não se importe de pedir ao horticultor que lhe mande aquela carta; direi a ele que não a entregue senão ao senhor. Mantenha-a assim lacrada ou a queime. Contudo, como para sua filha seria muito amargo que eu partisse sem deixar a ela um adeus, e ontem tudo conspirou para que eu não a visse – aqui em anexo está um bilhete também lacrado –, atrevo-me a esperar que o senhor o entregue, caro senhor, a Teresa T\*\*\* antes que ela se torne esposa do marquês Odoardo. Não sei se vamos nos rever; estou determinado a morrer, pelo menos perto da minha casa paterna; mas se também este meu propósito se frustrar, tenho certeza de que o senhor, meu amigo, jamais vai querer esquecer-se de mim.

*O senhor T\*\*\* me fez chegar às mãos a carta para Teresa (citada antes) com o lacre inviolado – e não demorou a* *dar à sua filha o bilhete. Pude vê-lo; tinha poucas linhas e era de um homem que, por um momento, parecia ter voltado a si.*

*Quase todos os fragmentos que seguem chegaram até mim pelo correio, em diversas folhas.*

### Rovigo, 20 de julho

Eu a admirava e dizia a mim mesmo: O que seria de mim se não pudesse vê-la mais? E corria para chorar comigo mesmo da consolação por saber que eu estava perto dela – e agora?

O que é o universo ainda? Que parte da terra poderá me confortar sem Teresa? E me parece estar longe dela sonhando. Tive eu tanta constância? E sequer tive coragem de partir assim – sem vê-la? Nem um beijo, nem um único adeus! A cada minuto acredito me encontrar na porta da sua casa e ler na tristeza do seu rosto que ela me ama. Fujo. E com que velocidade cada minuto me leva cada vez mais distante dela. E enquanto isso? Quantas caras ilusões! Mas eu a perdi. Não sei mais obedecer nem à minha vontade, nem à minha razão, nem ao meu coração atordoado: vou me deixar arrastar pelo braço prepotente do destino. Adeus.

*Ferrara, 20 de julho, à noite*

Eu atravessava o rio Pó e admirava suas imensas águas e mais de uma vez estive para me jogar, e me afundar, e me perder para sempre. Tudo é um instante! Ah, se eu não tivesse uma mãe querida e desventurada para quem a minha morte custaria amarguíssimas lágrimas!

Não terminarei assim como um covarde. Suportarei toda a minha desgraça, beberei até a última lágrima do pranto que me foi dado pelo Céu; e quando as defesas forem vãs; as paixões, desesperadas; e todas as forças, consumidas; quando eu tiver coragem de encarar a morte, conversar de modo pacato com ela, saborear o amargo do seu cálice; as lágrimas dos outros forem expiadas; e estiver desesperado por enxugá-las, eis o momento.

Mas agora que eu falo, não estará tudo perdido? E nada me resta a não ser a única memória e a certeza de que tudo está perdido. Você já provou aquela invasão de dor, quando nos abandonam todas as esperanças?

Nem um beijo? Nem adeus! Mas suas lágrimas me seguirão na minha sepultura. A minha saúde, o meu destino, o meu coração, você – você! Em suma, tudo conspira, e eu vou obedecer a todos.

## *Horas...*

E tive coragem de abandoná-la? Ou melhor, abandonei-a, ó Teresa, em um estado mais deplorável do que o meu. Quem vai me consolar? E tremerá simplesmente ouvindo o meu nome porque eu a fiz ver – eu em primeiro lugar, eu, o único na aurora da sua vida –, as tempestades e as trevas da desventura; e você, ó jovenzinha, ainda não é tão forte nem para tolerar nem para fugir da vida. Você, que também não sabe que o amanhecer e a noite são um só. Ah, nem eu quero convencê-la disso – mas não temos mais ajuda alguma dos homens, nenhuma consolação em nós mesmos. Agora não sei senão suplicar a Deus Todo-Poderoso com os meus lamentos e procurar alguma esperança fora deste mundo onde todos nos perseguem e nos abandonam. E se os espasmos, as orações, o remorso que já é meu carrasco fossem ofertas acolhidas pelo Céu, ah! Você não seria tão infeliz, e eu abençoaria todos os meus tormentos. Enquanto isso, no meu desespero mortal, quem sabe que perigos você corre! Não posso sequer a defender, nem enxugar seu pranto, nem acolher no meu peito os seus segredos, nem participar das suas aflições; não sei nem para onde eu fujo, nem como a deixo, nem quando poderei vê-la de novo.

Pai cruel – Teresa é seu sangue! Aquele altar está profanado, a Natureza e o Céu amaldiçoam aqueles juramentos, o desgosto, o ciúme, a discórdia e o arrependimento girarão trêmulos ao redor daquela cama e talvez ensanguentem aquelas correntes. Teresa é filha sua, aplaque-se. Você se arrependerá amargamente, mas será tarde. Talvez ela, um dia, no horror do seu estado, amaldiçoará os seus dias e os seus pais e perturbará com seus lamentos os seus ossos no sepulcro, quando você não puder senão escutá-la debaixo da terra. Aplaque-se – Ai de mim! Você não me ouve – e para onde você a arrasta? A vítima é sacrificada! Eu ouço o seu gemido: o meu nome no seu último gemido! Bárbaros! Tremam. O seu sangue, o meu sangue. Teresa será vingada. Ai, delírio! Mas eu também sou homicida.

Mas você, Lorenzo meu, que não me ajuda? Eu não lhe escrevia porque uma eterna tempestade de ira, de ciúme, de vingança, de amor se enfurecia em mim; e tantas paixões se inchavam em meu peito, me sufocavam e quase me estrangulavam; eu não podia emitir palavra e sentia a dor petrificada dentro de mim – e esta dor ainda reina, e fecha minha voz, e meus suspiros, e seca minhas lágrimas. Sinto que me falta grande parte da vida e o pouco que me resta é degradado pelo langor e pela obscuridade da morte.

Agora me irrito com frequência por ter partido e me acuso de covardia. Por que eles nunca se atreveram a insultar a minha paixão? Se alguém tivesse obrigado aquela infeliz a não me ver mais; se ela tivesse sido arrancada de mim à viva força, você acha que eu a teria deixado? Mas eu deveria pagar com ingratidão a um pai que me chamava de amigo, que tantas vezes comovido me abraçava dizendo: *E por que o destino mesmo assim o uniu a nós, desgraçados?* Poderia eu fazer precipitar na desonra e na perseguição uma família que em outras circunstâncias teria partilhado comigo a prosperidade e o infortúnio? E o que poderia eu responder quando ele me dizia, suspirando e implorando: – *Teresa é minha filha!* – Sim! Devorarei no remorso e na solidão todos os meus dias, mas agradecerei aquela terrível mão invisível que me roubou daquele precipício, de onde eu, caindo, teria arrastado comigo para o abismo aquela menina inocente. E me seguia; e eu, cruel, também ia parando, e voltando os olhos, e observando se andava mais depressa atrás dos meus passos acelerados – e me seguia, mas com um espírito assustado e com forças frágeis. O quê? Agora não sou o sedutor? E não deverei afastá-la eternamente dos meus olhos? Se eu pudesse, ao contrário, esconder-me de todo o universo e chorar as minhas desgraças! Mas chorá-las quando eu as exacerbei?

Ninguém sabe qual segredo está sepulto aqui dentro – e este suor frio repentino – e este retroceder – e o lamento que todas as noites vem do subterrâneo e me chama – e aquele cadáver... Porque eu, Lorenzo, talvez não seja homicida; mas me vejo ensanguentado por um homicídio.[14]

O dia acaba de nascer, e estou prestes a partir. Há quanto tempo a aurora me encontra sempre em um sono de enfermo! À noite nunca encontro repouso. Há pouco eu arregalava os olhos gritando e olhando ao redor como se visse sobre a minha cabeça o carrasco. Ao acordar sinto certos terrores, semelhantes àqueles infelizes que têm as mãos quentes pelo delito. – Adeus, adeus. Parto e cada vez para mais longe. A partir de hoje eu lhe escreverei de Bolonha. Agradeça à minha mãe. Peça-lhe para abençoar seu pobre filho. Se ela soubesse o meu estado! Mas cale-se: sobre as suas feridas não abra ainda outra.

# SEGUNDA PARTE

*Bolonha, 24 de julho, dez horas*

Quer derramar no coração do seu amigo algumas gotas de bálsamo? Faça Teresa dar a ele seu retrato e entregue-o a Michel, que eu o envio novamente, obrigando-o a não retornar sem resposta. Vá às colinas Eugâneas você mesmo: talvez aquela infeliz precise de alguém que lhe tenha compaixão. Leia alguns fragmentos das cartas que nos meus angustiantes delírios eu tentava lhe escrever. Adeus. Você verá Isabellina, beije-a mil vezes por mim. Quando ninguém mais se lembrar de mim, talvez ela chame alguma vez o seu Jacopo. Ó meu caro! Envolto em tanta miséria, desacreditado pelos homens, com uma alma ardente que também quer amar e ser amada, em quem posso confiar senão em uma jovenzinha ainda não corrompida pela experiência e pelo interesse, e que por uma secreta simpatia tantas vezes me banhou com o seu pranto inocente? Se algum dia soubesse que ela não fala mais de mim, acho que morreria de tristeza.

E você, diga-me, Lorenzo meu, você me abandonará? A amizade, cara paixão da juventude e único conforto do infortúnio, esfria na prosperidade. Oh, os amigos, os amigos! Você não me perderá, a não ser que eu desça para debaixo da terra. E às vezes eu paro de me lamentar das minhas desgraças, porque sem elas eu talvez não fosse digno de você, nem teria um coração capaz de amá-lo. Mas quando eu não viver mais e você tiver herdado de mim o cálice das lágrimas – oh! Não procure outro amigo fora de si mesmo.

### *Bolonha, noite de 28 de julho*

Até me pareceria estar menos mal se eu pudesse dormir por longo tempo um sono pesado. O ópio não ajuda, ele me desperta depois de breves letargias cheias de visões e de espasmos – e são mais noites! Agora me levantei para tentar escrever, mas meu pulso não se sustenta mais. Voltarei para a cama. Parece que minha alma segue o estado negro e tempestuoso da natureza. Ouço diluviar: e permaneço deitado com os olhos arregalados. Deus meu! Deus meu!

### *Bolonha, 12 de agosto*

Já se passaram dezoito dias desde que Michel partiu outra vez às pressas, mas ainda não voltou, e não vejo as suas cartas. Você também me deixa? Por Deus, pelo menos me escreva; esperarei até segunda-feira e depois seguirei para Florença. Aqui fico em casa o dia todo, porque não posso me ver tolhido entre tantas pessoas. À noite vago ociosamente pela cidade como um fantasma e sinto as minhas entranhas se dilacerarem por tantos indigentes que jazem nas ruas e clamam por pão, não sei se por culpa deles ou de outros – sei que pedem pão. Hoje, voltando da estalagem, deparei-me com dois desgraçados levados para a forca: pedi informações aos que se aglomeravam ao meu redor, e me responderam que um havia roubado uma mula e o outro cinquenta e seis liras, por fome.[15] Ai, sociedade! Se não houvesse leis protetoras para quem, a fim de enriquecer com o suor e com o pranto dos próprios compatriotas, empurram-nos à necessidade e ao delito, as prisões e os carrascos seriam tão necessários? Eu não sou tão louco a ponto de presumir reorganizar os mortais, mas por que me contestam se eu tremo sobre as misérias e, acima de tudo, sobre a cegueira deles? E me disseram que não há semana sem carnificina, e o povo corre para isso como para uma solenidade. Os delitos, enquanto isso, crescem com os suplícios. Não, não, não quero mais respirar este ar sempre fumegante do sangue dos miseráveis. – E onde?

### *Florença, 27 de agosto*

Há pouco eu adorava os túmulos de Galileu, Maquiavel e Michelangelo e, ao me aproximar deles, eu tremia tomado por uma forte emoção. Quem erigiu aqueles mausoléus espera, talvez, libertar-se da culpa pela pobreza e pelas prisões com as quais seus antepassados puniam a grandeza desses divinos intelectos? Oh, quantos perseguidos no nosso século serão venerados pelos pósteros! Mas as perseguições dos vivos e as honras aos mortos são documentos da maligna ambição que corrói o rebanho humano.

Junto àqueles mármores, eu parecia viver de novo os meus anos férvidos, quando, velando sobre os escritos dos grandes mortais, eu me lançava com a imaginação entre os aplausos das gerações futuras. Mas agora, coisas sublimes demais para mim! E loucas talvez. A minha mente é cega, meus membros vacilam, e meu coração foi avariado aqui – na parte mais profunda.

Conserve as cartas de recomendação sobre as quais me escreve: as que você me mandou, eu queimei. Não quero mais ofensas, nem favores de nenhum dos homens poderosos. O único mortal que eu desejava conhecer era Vittorio Alfieri, mas ouço dizer que ele não recebe pessoas novas; e eu não tenho a pretensão de fazê-lo quebrar esse seu propósito que deriva talvez dos tempos dos seus estudos, mais ainda das suas paixões e da sua experiência de mundo. Ainda que seja uma fraqueza, as fraquezas desses mortais devem ser respeitadas, e quem não as tem que atire a primeira pedra.

*Florença, 7 de setembro*

Abra totalmente as janelas, ó Lorenzo, e saúda do meu quarto as minhas colinas. Em uma bela manhã de setembro, saúda em meu nome o céu, os lagos, as planícies, que se recordam todos da minha infância, onde eu por algum tempo descansei depois das ansiedades da vida. Se, passeando em noites serenas, os pés o conduzirem em direção às alamedas da paróquia, eu lhe peço para subir no monte dos pinheiros que conserva tantas doces e funestas lembranças minhas. No sopé da encosta, passado o bosque das tílias que deixam o ar sempre fresco e cheiroso, lá onde aqueles regatos se juntam em um pequeno espelho d'água, você encontrará um salgueiro solitário, sob cujos ramos chorosos eu ficava várias horas prostrado conversando com minhas esperanças. Quando você chegar junto ao topo, talvez ouça um cuco, que parecia toda noite me chamar com seu lúgubre verso e somente o interrompia ao se dar conta do meu sussurrar ou do pisotear dos meus pés. O pinheiro onde ele estava então escondido faz sombra nos vestígios de uma capelinha onde antigamente queimava um candeeiro em um crucifixo. O redemoinho a destruiu naquela noite, que deixou até hoje e deixará enquanto eu viver o meu espírito aterrorizado pelas trevas e pelo remorso.[16] Aquelas ruínas meio soterradas me pareciam, na escuridão, lápides sepulcrais, e mais de uma vez eu pensei em erguer, naquele lugar e entre aquelas secretas sombras, a minha tumba. E agora? Quem sabe onde vou deixar os meus ossos! Console todos os camponeses que lhe pedirão notícias de mim. Há tempos eles se aglomeravam ao meu redor, e eu lhes chamava de meus amigos e eles me chamavam de benfeitor. Eu era o médico mais aceito pelos seus filhos doentes; eu ouvia amorosamente as queixas daqueles miseráveis trabalhadores e conciliava as suas divergências; eu filosofava com aqueles velhos rudes decadentes, esforçando-me para dissipar da fantasia deles os terrores da religião e retratando as recompensas que o Céu reserva ao homem cansado da pobreza e do suor. Mas agora se entristecerão ao pronunciar o meu nome, porque nesses últimos meses eu passei mudo e lunático, às vezes sem responder aos cumprimentos deles; e reconhecendo-os de longe enquanto, cantando, regressavam dos trabalhos ou reconduziam os rebanhos, eu os evitava adentrando no bosque onde a selva é mais negra. E me viam, ao amanhecer, saltar os fossos e atingir descuidadamente os arbustos, os quais, tombando, faziam chover a geada sobre os meus cabelos; e assim apressava-me pelas pradarias, e depois subia o monte mais alto de onde eu, parando ereto e ofegante, com os braços estendidos para o Oriente, esperava o Sol para me queixar com ele que não mais surgia alegre para mim. Apontarão a você a borda do penhasco, sobre a qual, enquanto o mundo dormia, eu sentava absorvido pelo distante rugido das águas, ao ribombar do ar, quando os ventos empilhavam as nuvens quase sobre a minha cabeça e as empurravam para entristecer a Lua, que, pondo-se, de vez em quando iluminava na planície, com seus pálidos raios, as cruzes fincadas sobre os túmulos do cemitério; e então o camponês do casebre vizinho, acordando desconcertado com os meus gritos, aproximava-se da porta e me escutava, naquele silêncio solene, enviar minhas preces, e chorar, e uivar, e fitar do alto as sepulturas, e invocar a morte. Ó minha antiga solidão! Onde você está? Não há solo pátrio, nem caverna, nem árvore que não viva de novo no meu coração, alimentando-me do suave e patético desejo que sempre acompanha fora das suas casas o homem exilado e desventurado. Parece-me que os meus prazeres e as minhas dores, que naqueles lugares me eram caros – enfim, tudo o que é meu –, tenham permanecido com você e que aqui não se arraste peregrinando senão o espectro do pobre Jacopo.

Mas você, único amigo meu, por que mal me escreve duas nuas palavras me avisando que está com Teresa? E não me diz nem como ela vive, nem se ela se atreve a dizer meu nome, nem se Odoardo a arrebatou de mim? Corro e corro novamente ao correio, mas sem sucesso, e volto lento, perturbado, e lê-se no meu semblante o pressentimento de uma grave desgraça. E, de vez em quando, parece-me ouvir pronunciar a minha sentença mortal – *Teresa fez os votos*. – Ai de mim! E quando cessarão os meus fúnebres delírios e as minhas cruéis promessas? Adeus.

### *Florença, 17 de setembro*

Você cravou o desespero no meu coração. Vejo agora que Teresa tenta me punir por tê-la amado. Ela enviara o seu retrato à mãe antes que eu o pedisse? Você me assegura disso, e eu acredito, mas cuidado que, ao tentar me curar, você não conspire para disputar comigo o único bálsamo do meu peito dilacerado.

Ó minhas esperanças! Desaparecem todas, e eu sento aqui abandonado na solidão da minha dor.

Em quem mais devo confiar? Não me traia, Lorenzo, você jamais sairá do meu peito, porque a sua lembrança é necessária ao seu amigo: em qualquer adversidade sua, você não me perderia. Eu estou, portanto, destinado a ver desaparecer tudo na minha frente? Até o único vestígio de tantas esperanças? Assim seja! Eu não me queixo nem dela, nem de você – nem de mim mesmo, nem da minha sorte – bem me humilho com tantas lágrimas e perco o consolo de poder dizer: *Sofro as minhas aflições e não me lamento.*

Vocês todos me deixarão – todos: e meu gemido os seguirá por todos os lugares, porque sem vocês não sou homem; e de todos os lugares chamarei por vocês, desesperado. Eis as poucas palavras que me foram escritas por Teresa: "Tenha respeito pela sua vida, imploro-lhe pelas nossas desgraças. Não somos nós dois os únicos infelizes. Terá o meu retrato quando eu consegui-lo. Meu pai chora comigo, e ele não se importa que eu responda ao bilhete que me entregou, de sua parte; mesmo com as suas lágrimas me parece que, em silêncio, ele me proíba de lhe escrever de agora em diante – e eu, chorando, prometo; e lhe escrevo, talvez pela última vez, chorando – porque eu não poderei mais confessar que o amo a não ser somente diante de Deus."

Você é, portanto, mais forte do que eu? Sim, repetirei essas poucas linhas como se fossem as suas últimas vontades – falarei com você mais uma vez, ó Teresa; mas somente no dia em que estiver preparado com tanta razão e tal coragem para me separar realmente de você.

E se agora amá-la com amor insuportável, imenso, silenciar e enterrar-me aos olhos de todos pudesse trazer-lhe novamente a paz; se a minha morte pudesse expiar a sua paixão no tribunal dos nossos perseguidores e acalmá-la para sempre dentro do seu peito, eu suplico com todo o ardor e a verdade da minha alma à Natureza e ao Céu para que me tirem finalmente do mundo. Agora, que eu resista ao meu fatal e ao mesmo tempo doce desejo de morte, prometo-lhe, mas vencê-lo, ah! Você sozinha com as suas orações poderia talvez suplicar por isso ao meu Criador – e sinto que de todo modo ele me chama. Mas você, por favor! Viva feliz o quanto puder – o quanto puder ainda. Talvez Deus converta em consolo para você, desafortunada jovem, estas lágrimas penitentes que eu mando a ele pedindo misericórdia. Infelizmente você, infelizmente, você agora compartilha do meu doloroso estado, e por mim você se tornou infeliz – e como recompensei seu pai por seus afetuosos cuidados, confiança, conselhos, afeição? E você, em que precipício não se encontrou e não se encontra por mim? Mas do que, então, ele tem me favorecido, o seu pai, que eu hoje não o recompense com uma gratidão extraordinária? Não lhe ofereço em sacrifício o meu coração que sangra? Nenhum mortal me é credor de generosidade – nem eu, que também sou, e você sabe, um ferocíssimo juiz de mim mesmo, posso me culpar de tê-la amado –, mas ser causa de problemas para você é o mais cruel delito que eu jamais poderia cometer.

Ai de mim! Com quem falo? E para quê?

Se esta carta encontrá-lo ainda nas minhas colinas, ó Lorenzo, não a mostre a Teresa. Não fale de mim a ela – se ela perguntar, diga que eu estou vivo, que eu vivo ainda – em suma, não fale de mim a ela.

Mas confesso: estou satisfeito com as minhas enfermidades, eu mesmo apalpo as feridas onde elas são mais mortais e tento ulcerá-las, e as contemplo ensanguentadas, e me parece que os meus martírios trazem alguma expiação pelas minhas culpas e um breve alívio para as dores daquela inocente.

### *Florença, 25 de setembro*

Nestas terras beatas, despertaram da barbárie as sagradas Musas e as letras. Para onde quer que eu me volte, encontro as casas onde nasceram e o solo pio onde repousam aqueles primeiros grandes Toscanos: a cada passo tenho medo de pisar nas suas relíquias. A Toscana é por inteiro uma cidade contínua e um jardim; o povo naturalmente gentil, o céu sereno; e o ar cheio de vida e saúde. Mas o seu amigo não encontra sossego: espero sempre – amanhã, na cidade vizinha – e o amanhã chega, e eis-me de cidade em cidade, e me pesa cada vez mais este exílio e esta solidão. Nem mesmo me foi concedido continuar a viagem: tinha decidido ir a Roma para me ajoelhar sobre as relíquias de nossa grandeza. Negam-me o passaporte; aquele que já me foi enviado pela minha mãe é para Milão: e aqui, como se eu tivesse vindo conspirar, me enredaram com mil perguntas; não estão errados, mas eu responderei amanhã, partindo. Assim, nós todos italianos somos foragidos e estrangeiros na Itália e mal distanciados do nosso territoriozinho, nem talento, nem fama, nem costumes íntegros nos servem de escudo; e ai de você se ameaça mostrar um mínimo de coragem sublime! Banidos de nossas portas, não encontramos quem nos acolha. Roubados por uns, caçoados por outros, traídos sempre por todos, abandonados pelos nossos próprios compatriotas, os quais, em vez de se compadecerem e de se socorrerem na calamidade comum, olham como bárbaros todos aqueles italianos que não são da sua província, e de cujos membros não soam as mesmas correntes. Diga-me, Lorenzo, qual asilo nos resta? Nossas messes enriqueceram nossos dominadores; mas nossas terras não fornecem nem casebres nem pão a tantos italianos que a revolução arremessou para fora do céu nativo e que, consumidos pela fome e pelo cansaço, têm sempre ao pé do ouvido o único, o supremo conselheiro do homem destituído de toda a natureza, o delito! Para nós, portanto, que outro asilo resta além do deserto e do túmulo? E a covardia! E quem mais se humilha talvez viva mais; ainda que infame para si mesmo e ridicularizado pelos mesmos tiranos aos quais se vende e pelos quais será um dia traficado.

Percorri toda a Toscana. Todos os montes e todos os campos são célebres pelas batalhas fratricidas de quatro séculos atrás; naquele tempo, os cadáveres de inúmeros italianos assassinados serviram de alicerce para os tronos dos imperadores e dos papas. Subi até Monteaperto, onde a memória da derrota dos Guelfos ainda é infame.[17] Mal acabava o dia, e naquele silêncio desolador, e naquela escuridão fria, com a alma tomada por todos os antigos e cruéis infortúnios que laceram a nossa pátria – ó meu Lorenzo! Eu senti meu corpo estremecer e meus cabelos arrepiarem; gritava do alto com voz ameaçadora e assustada. E parecia-me que subiam e desciam dos caminhos mais íngremes da montanha as sombras de todos aqueles toscanos que tinham sido assassinados; com as espadas e as vestes ensanguentadas, encaravam-se ameaçadoramente, e tremiam tempestuosamente, e encarniçavam-se e laceravam-se as antigas feridas. – Ó! Para quem aquele sangue? O filho decapita a cabeça do pai e sacode-a pelos cabelos – e para quem tanta perversa carnificina? Os reis por quem vocês se trucidam unem os escudos no calor da batalha e dividem pacificamente entre si as roupas e o terreno de vocês. Gritando, eu fugia olhando para trás. Aquelas horríveis fantasias me seguiam sempre – e ainda, quando me encontro sozinho à noite, sinto ao meu redor esses espectros e com eles o espectro mais terrível de todos, que só eu conheço.

– E por que eu devo, pois, ó minha pátria, acusá-la sempre e sentir compaixão por você, sem nenhuma esperança de poder corrigi-la ou de nunca a socorrer?

### *Milão, 27 de outubro*

Escrevi-lhe de Parma e depois de Milão no dia em que lá cheguei; na semana passada, escrevi-lhe uma longa carta. Como então a sua carta me chegou tão tarde e pela Toscana, de onde parti em 28 de setembro? Atormenta-me uma suspeita: as nossas cartas são interceptadas. Os governos se vangloriam da segurança dos bens; no entanto, invadem o segredo, a mais preciosa de todas as propriedades: vetam as silenciosas disputas e profanam o asilo sagrado que as desventuras buscam no peito da amizade. Que assim seja! Eu deveria prever isso, mas aqueles canalhas não vão mais à caça das nossas palavras e dos nossos pensamentos. De agora em diante, encontrarei uma forma de as nossas cartas viajarem invioladas.

Você me pede notícias de Giuseppe Parini: conserva o seu generoso orgulho, mas me parece desanimar com o tempo e com a velhice. Indo visitá-lo, encontrei-o à porta de seus aposentos, enquanto ele se arrastava para sair. Percebeu a minha presença e, apoiando-se na bengala, colocou a mão no meu ombro, dizendo:

Você vem rever este corajoso cavalo que sente no coração o orgulho de sua bela juventude; mas que agora cai pesadamente e se levanta apenas por causa dos golpes da sorte. – Ele tem medo de ser caçado pela sua cátedra e de se ser obrigado, depois de setenta anos de estudos e de glórias, a agonizar esmolando.

### *Milão, 11 de novembro*

Pedi a biografia de Benvenuto Cellini a um livreiro. – Não a temos. Pedi novamente a de outro escritor, e, então, quase irritado, disse-me que não vendia livros italianos. As pessoas civilizadas falam francês elegantemente e mal entendem o toscano puro. Os atos públicos e as leis são escritas em tal língua bastarda que as frases nuas confirmam a ignorância e a servidão de quem as dita. Os Demóstenes Cisalpinos disputaram calorosamente no seu senado para exilar da república, com sentença capital, a língua grega e a latina. Criou-se uma lei que tinha como única finalidade banir, de qualquer emprego, o matemático Gregorio Fontana e o poeta Vincenzo Monti; não sei o que escreveram contra a liberdade antes que fosse rebaixada a se prostituir na Itália; sei que são rápidos a escrever também por ela. Seja qual for a culpa deles, a injustiça da punição os absolve, e a solenidade de uma lei criada apenas para dois indivíduos aumenta a celebridade deles. Perguntei onde eram as salas das Assembleias Legislativas; poucos me entenderam, pouquíssimos me responderam, e nenhum soube me ensinar.

### *Milão, 4 de dezembro*

Que esta seja a única resposta aos seus conselhos. Em todos os lugares, sempre vi homens de três tipos: os poucos que mandam, a universalidade que serve e os muitos que tramam. Não podemos comandar, talvez nem sejamos tão ardilosos; não somos cegos nem queremos obedecer; não nos dignamos a tramar. E o melhor é viver como aqueles cães sem dono, aos quais nem são destinados pedaços de pão nem pancadas. – O que você quer? Que eu aceite proteção e empregos em um Estado no qual sou considerado estrangeiro e, portanto, onde o capricho de qualquer espião pode me expulsar? Você sempre exalta o meu talento; por acaso conhece o meu valor? Nem mais nem menos daquilo que vale o meu provento: se eu não fosse o *letrado da corte*, que repele aquela nobre ousadia que irrita os poderosos, dissimula a virtude e a ciência para não reprová-los pela sua ignorância e pelas suas iniquidades. Letrados! – Oh! Você dirá que estão em toda parte. – E assim seja: deixo o mundo como ele é, mas, se eu tivesse que me ocupar disso, gostaria ou que os homens mudassem os modos, ou que me decepassem a cabeça. Isso me parece mais fácil. Não que os pequenos tiranos não se deem conta das intrigas, mas os homens levados ao trono pelos trívios têm necessidade de extremismos que depois não podem conter. Cheios do presente, despreocupados com o futuro, pobres de fama, de coragem e de talento, armam-se de bajuladores e de homens de confiança, dos quais, embora frequentemente traídos e escarnecidos, não sabem mais se libertar: perpétuo ciclo de servidão, de licença e de tirania. Para serem donos e ladrões do povo, convém primeiro deixar-se oprimir, depredar, e convém lamber a espada gotejante do seu sangue. Assim, eu poderia talvez arranjar um cargo, alguns milhares de escudos a mais a cada ano que passa, remorsos e infâmia. Escute isto outra vez: *Jamais farei o papel do pequeno desonesto.*

Muito sei sobre ser pisado, mas ao menos pela imensa multidão dos meus companheiros de servidão, semelhantes àqueles insetos que são inadvertidamente esmagados por quem passeia. Não me vanglorio, como tantos outros, da servidão; nem os meus tiranos se alimentarão do meu desalento. Guardem para outros os seus insultos e os seus benefícios; e há muitos que até os aspiram! Eu fugirei da vergonha, morrendo desconhecido. E se eu fosse forçado a sair da minha escuridão – em vez de me mostrar felizardo instrumento da licença ou da tirania – lamentaria por ser vítima deplorada.

Se me faltasse o pão e o fogo, e esta que você me aponta fosse a única fonte de vida – não queira o céu que eu insulte a necessidade de tantos outros que não poderiam me imitar – é verdade, Lorenzo, eu seguiria para a morte, a pátria de todos, onde não existem nem delatores, nem conquistadores, nem letrados de corte, nem príncipes; onde as riquezas não coroam o delito; onde o mísero não é justiçado senão porque é miserável; onde em algum momento todos virão morar comigo e vão se misturar na matéria, no subsolo.

Agarrando-me ao precipício da vida, às vezes sigo uma luz que identifico de longe e que não posso jamais alcançar. Pelo contrário, parece-me que se eu estivesse com todo o corpo dentro do fosso e se apenas a cabeça permanecesse acima do chão, veria sempre aquele brilho resplandecer sobre os olhos. Ó Glória! Você sempre passa diante de mim e me ilude para uma viagem à qual meus pés não me governam mais. Mas, desde o dia em que você já não é mais a minha paixão primeira e única, o seu resplandecente fantasma começa a se desvanecer e a vacilar – cai e se transforma em uma pilha de ossos e cinzas, entre as quais eu vejo cintilar de momento em momento alguns lânguidos raios; mas em breve passarei caminhando sobre o seu esqueleto, sorrindo da minha decepcionada ambição. Quantas vezes, envergonhado por morrer desconhecido para o meu século, eu mesmo acariciei minhas angústias, enquanto sentia em mim toda a necessidade e a coragem de acabar com elas! Talvez nem sobrevivesse à minha pátria se não tivesse me impedido o louco temor de que a pedra colocada sobre o meu cadáver também fosse enterrar o meu nome. Confesso, muitas vezes observei com uma espécie de complacência as misérias da Itália, porque me parecia que a sorte e a minha ousadia reservavam, também para mim, o mérito de libertá-la. Eu dizia ontem à noite a Parini: – Adeus. Eis o mensageiro do banqueiro que vem apanhar esta carta, e a folha cheia me diz para acabar. – Também tenho ainda muitas coisas para lhe dizer: Vou demorar para enviá-la até sábado e continuarei a lhe escrever. – Depois de tantos anos de tão afetuosa e leal amizade, aqui estamos nós, e talvez para sempre, separados. Para mim não resta outro conforto que o de me lamentar com você, escrevendo-lhe; assim me liberto um pouco dos meus pensamentos; e a minha solidão se torna muito menos assustadora. Você sabe quantas vezes por noite eu acordo e me levanto, e, vagando pelos cômodos, eu o invoco! Sento-me e escrevo-lhe, e aqueles papéis estão todos manchados pelo pranto e repletos dos meus piedosos delírios e das minhas ferozes intenções. Mas não tenho coragem de enviá-los a você. Alguns eu guardo e muitos queimo. Quando depois o Céu me envia estes momentos de calma, escrevo com o máximo de firmeza que me é possível para não entristecê-lo com a minha imensa dor. Não me cansarei de lhe escrever; qualquer outro conforto está perdido, nem você, meu Lorenzo, vai se cansar de ler estes papéis que eu, sem vaidade, sem estudo e sem pudor sempre lhe escrevi nos sumos prazeres e nas sumas dores da minha alma. Conserve-os. Pressinto que um dia eles lhe serão necessários para viver, pelo menos como puder, com o seu Jacopo.

Pois bem, ontem à noite eu passeava com aquele velho venerável no subúrbio oriental da cidade, sob um pequeno bosque de tílias. Ele se apoiava, de um lado, no meu braço; do outro, em sua bengala. Às vezes, olhava seus pés defeituosos e, em seguida, sem dizer uma palavra, voltava-se para mim, como se lamentasse a sua enfermidade e me agradecesse pela paciência com que eu o acompanhava. Sentou-se em um banco, e eu com ele; seu servo estava pouco distante de nós. Parini é o personagem mais digno e mais eloquente que eu já conheci; além do mais, a quem uma profunda, generosa, meditada dor não dá grande eloquência? Falou-me longamente de sua pátria e tremia pelas antigas tiranias e pela nova licença. As letras prostituídas; todas as paixões lânguidas e degeneradas em uma indolente e vergonhosa corrupção; não mais a sagrada hospitalidade, a benevolência, o amor filial. Depois me narrou os últimos acontecimentos e os delitos de tantos homúnculos que eu me dignaria nomear se seus atos mostrassem o vigor do ânimo. Não falarei de Sila e de Catilina, mas daqueles audazes assassinos que afrontam o crime mesmo que se vejam junto à forca – mas ladrõezinhos, trementes, presunçosos – o mais honesto, em suma, é calar. Àquelas palavras eu me inflamava com uma fúria sobre-humana e me insurgia gritando: por que não se tenta? Morreremos? Mas desfrutará do nosso sangue o vingador. – Ele me olhou atônito; os meus olhos naquela dúbia claridade cintilavam assustados, e meu humilde e pálido aspecto se reergueu com ar ameaçador. Eu calava, mas sentia ainda uma palpitação rumorejar alegremente no meu peito. E retomei: nunca teremos saúde? Ah, se os homens caminhassem sempre ao lado da morte não serviriam tão vilmente. – Parini não abria a boca, mas apertando o meu braço, olhava para mim cada vez mais fixamente. Depois me puxou como que indicando que eu voltasse a me sentar: E você pensa, explodiu, que se eu percebesse um vislumbre de liberdade me perderia, a despeito da minha enferma velhice, nestes vãos lamentos? Ó jovem digno de pátria mais grata! Se você não pode apagar esse seu ardor fatal, por que não o transforma em outras paixões?

Então olhei para o passado. Naquele momento eu me voltava ansiosamente para o futuro, mas errava sempre no vazio, e os meus braços voltavam desiludidos sem jamais agarrar algo; e conheci todo o desespero do meu estado. Narrei àquele generoso italiano a história das minhas paixões e lhe retratei Teresa como um daqueles gênios celestiais que parecem descer para iluminar a sala tenebrosa desta vida. E às minhas palavras e ao meu pranto, o velho piedoso mais de uma vez suspirou do fundo do coração. – Não, eu lhe disse, não vejo mais do que o túmulo, sou filho de mãe afetuosa e bondosa; muitas vezes me pareceu vê-la pisar tremendo nas minhas pegadas e me seguir até a parte mais alta do monte, de onde eu estava prestes a me jogar, e enquanto tinha quase com todo o corpo abandonado no ar, ela me agarrava pelas extremidades das vestes e me puxava para trás, e eu, voltando-me, não escutava nada mais do que o seu pranto. Se ela perscrutasse todos os meus problemas ocultos, ela mesma imploraria ao Céu pelo fim dos meus ansiosos dias. Mas a única chama vital que ainda anima este meu corpo atormentado é a esperança de tentar a liberdade da pátria. – Ele sorriu tristemente e, como percebeu que a minha voz enfraquecia e o meu olhar se abaixava fixo no chão, recomeçou: – Talvez esse seu furor pela glória possa levá-lo a tarefas difíceis; mas, acredite em mim, a fama dos heróis deve-se um quarto à audácia deles, dois quartos ao destino e o outro quarto aos seus delitos. Mesmo que você se considere suficientemente sortudo e cruel para aspirar a essa glória, acha que os tempos lhe oferecem os meios para isso? Os lamentos de todas as idades e este jugo da nossa pátria não lhe ensinaram ainda que não se deve esperar liberdade do estrangeiro? Quem quer que se enrede nos assuntos de um país conquistado não extrai nada além do dano público e da própria infâmia. Quando os deveres e os direitos estão na ponta da espada, o forte escreve as leis com o sangue e pretende o sacrifício da virtude. E então? Teria você a fama e o valor de Aníbal, que refugiado procurava no universo um inimigo para o povo Romano? Nem lhe será permitido ser justo impunemente. Um jovem íntegro e de coração fervente, mas pobre de riquezas e de gênio imprudente como você é, será sempre ou o engenho do fanático, ou a vítima do poderoso. E onde você, nas coisas públicas, puder se preservar incontaminado da brutalidade comum, oh, você será altamente louvado, mas depois apagado pelo punhal noturno da calúnia; a sua prisão será abandonada pelos seus amigos, e o seu túmulo digno apenas de um suspiro secreto. Mas vamos dizer que você, superando a prepotência dos estrangeiros, a maldade dos seus compatriotas e a corrupção dos tempos, pudesse aspirar ao seu intento; diga? Derramará todo o sangue com o qual convém nutrir uma república nascente? Incendiará as suas casas com as tochas de uma guerra civil? Unirá os partidos com o terror? Apagará com a morte as opiniões? Igualará com o massacre as fortunas? Mas se você cai pelas ruas, vê-se julgado por alguns como demagogo; por outros como tirano. Os amores da multidão são breves e funestos; julga, mais do que a intenção, a sorte; considera virtude o delito útil; e perversa a honestidade que lhe parece prejudicial; e, para receber seus aplausos, convém aterrorizá-la ou engordá-la e enganá-la sempre. E assim seja. Você poderá, então, orgulhoso da fortuna ilimitada, reprimir em si mesmo a luxúria do supremo poder que lhe será fomentada, do sentimento da sua superioridade e do conhecimento da humilhação comum? Os mortais são naturalmente escravos, naturalmente tiranos, naturalmente cegos. Você, então, ocupado a escorar o seu trono, de filósofo se transformaria em tirano; e por poucos anos de pujança e de tremor, teria perdido a sua paz e misturado o seu nome à imensa multidão de déspotas. Ainda lhe resta um lugar entre os capitães; o qual se agarra por meio de uma ousadia feroz, de uma avidez que rouba para esbanjar e com frequência de uma covardia com a qual lambe a mão que o ajuda a subir. Mas, ó filho! A humanidade lamenta quando nasce um conquistador, e não há outro conforto senão a esperança de sorrir sobre o seu caixão.

Calou-se, e eu, depois de um longo silêncio, exclamei: Ó Coceio Nerva! Você pelo menos soube morrer incontaminado.[18] – O velho olhou para mim e disse: – Se você nada espera nem teme além deste mundo – e me apertava a mão –, mas eu! – Levantou os olhos ao Céu, e aquela sua severa fisionomia se abrandava com suave conforto, como se ele, lá em cima, contemplasse todas as suas esperanças. Ouvi um pisotear que avançava em nossa direção e depois entrevi pessoas entre as tílias; levantamo-nos e o acompanhei até seus aposentos.

Ah, se eu não sentisse apagado aquele fogo celeste que no tempo da minha fresca juventude espalhava raios sobre todas as coisas ao meu redor, enquanto hoje vou tateando em uma vazia escuridão! Se eu pudesse ter um teto onde dormir seguro; se não me fosse vetado adentrar no bosque entre as sombras do meu eremitério; se um amor desesperado que a minha razão combate sempre e que não pode vencer jamais – esse amor que eu escondo de mim mesmo, mas que me queima todos os dias e que se tornou onipotente, imortal – Ai! A Natureza nos dotou desta paixão que é indomável em nós, talvez mais do que o instinto fatal da vida – se eu pudesse, em suma, obter mediante súplica um único ano de calma, o seu pobre amigo gostaria ainda de cumprir uma promessa e depois morrer. Eu ouço a minha pátria que grita: – ESCREVA

AQUILO QUE VÊ. LANÇAREI A MINHA VOZ DAS RUÍNAS E LHE DITAREI A MINHA HISTÓRIA. CHORARÃO OS SÉCULOS SOBRE A MINHA SOLIDÃO, E AS MINHAS DESVENTURAS ENSINARÃO AS PESSOAS. O TEMPO ABATE O FORTE; E OS DELITOS DE SANGUE SÃO LAVADOS EM SANGUE. – E você sabe, Lorenzo, eu teria coragem de escrever, mas o talento está morrendo com as minhas forças, e vejo que em poucos meses terei concluído a minha angustiante peregrinação.

Mas vocês, poucas almas sublimes que, solitárias ou perseguidas, tremem sobre as antigas desgraças da nossa pátria, se os céus os proíbem de lutar contra a força, por que ao menos não narram para a posteridade os nossos males? Levantem a voz em nome de todos e digam ao mundo: Sejamos infelizes, mas não cegos, nem covardes, pois não nos falta a coragem, mas a autoridade. – Se vocês têm os braços acorrentados, por que também algemam seus intelectos, do qual nem os tiranos nem a sorte, árbitros de todas as coisas, jamais podem ser árbitros? Escrevam. Tenham, porém, compaixão pelos seus compatriotas e não instiguem em vão as suas paixões políticas, mas desprezem a universalidade dos seus contemporâneos: o gênero humano de hoje tem os frenesis e a fraqueza da decrepitude, mas o gênero humano, justamente quando está perto da morte, renasce vigorosíssimo. Escrevam para os que virão e que serão os únicos dignos de ouvirem e fortes o suficiente para vingarem vocês. Persigam com a verdade os seus perseguidores. E, por fim, se não puderem oprimi-los com os punhais enquanto eles vivem, oprimam-nos pelo menos com a desonra por todos os séculos futuros. Se de alguns de vocês forem roubadas a pátria, a tranquilidade e o patrimônio; se ninguém ousa se tornar marido; se todos temem o doce nome de pai, para não procriar, no exílio e na dor, novos escravos e novos infelizes; por que, então, acariciam tão vilmente a vida desprovida de todos os prazeres? Por que não a consagram ao único fantasma que é o comandante dos homens generosos: a glória? Vocês julgarão a Europa atual, e a sentença de vocês iluminará as pessoas que virão. A covardia humana mostra terrores e perigos, mas por acaso vocês são imortais? Entre a humilhação dos cárceres e dos suplícios, vocês se erguerão sobre o poderoso, e a ira dele contra vocês aumentará a vergonha dele e a fama de vocês.

### *Milão, 6 de fevereiro de 1799*

Envie as suas cartas para Nice, porque amanhã eu parto para a França e quem sabe talvez para muito mais distante: o certo é que na França não ficarei por longo tempo. Não se aflija, ó Lorenzo, por causa disso, e console o quanto puder a minha pobre mãe. Talvez você diga que eu deveria primeiro fugir de mim mesmo e que, se não posso encontrar abrigo, deva ser hora de eu me aquietar. É verdade, não encontro abrigo, mas aqui é pior do que em outros lugares. A estação, o nevoeiro perpétuo, este ar morto, certas fisionomias, e depois, talvez me engane, mas me parece encontrar poucas pessoas de fibra. Não posso culpá-los, tudo se compra, mas a compaixão, a generosidade e certa delicadeza de ânimo nascem sempre conosco, e não as procura senão quem as sente. Em suma, amanhã. E se fixou na minha fantasia essa necessidade de partir, que estas horas de demora me parecem anos de cárcere.

Infeliz! Por que todos os seus sentidos se ressentem apenas diante da dor, semelhantes àqueles membros esfolados que com a mais branda aragem se recolhem? Desfrute o mundo como ele é e você viverá mais descansado e menos louco. Mas se eu dissesse a quem me declama tais sermões: quando lhe acomete a febre, faz o pulso bater mais devagar e ficará bom; não teria ele razão para acreditar que eu estaria delirante da pior febre? Como, então, poderei dar ordens ao meu sangue que flutua rapidíssimo? E quando bate no coração eu sinto que se acumula fervendo e depois jorra impetuosamente, muitas vezes de repente e outras, durante o sono, parece que quer me quebrar o peito. Ó Ulisses! Eis-me a obedecer a sua sabedoria, com a condição que eu, quando vejo que está sendo dissimulador, frio, incapaz de socorrer a pobreza sem insultá-la e de defender o fraco da injustiça; quando o vejo, para saciar as suas plebeias paixõezinhas, prostrar-se aos pés do poderoso que odeia e que o despreza, que então eu possa transfundir no senhor uma gotinha desta minha férvida bile que também armou muitas vezes a minha voz e o meu braço contra a prepotência, que não deixa jamais meus olhos secos nem fechada a mão à vista da miséria e que me salvará sempre da baixeza. O senhor se acredita sábio, e o mundo o considera honesto, mas liberte-se do medo! Não se preocupe, então, as partes são iguais: Deus o proteja das minhas *loucuras*, e eu rezo para isso com toda a expansão da alma para que me salve da sua *sabedoria*. E se eu os avisto, mesmo quando passam sem me ver, eu corro logo para buscar refúgio no seu peito, ó Lorenzo. Você respeita amorosamente as minhas paixões, ainda que frequentemente tenha visto o leão se amansar só com a sua voz. Mas agora! Você vê: todo conselho e toda razão são fatais para mim. Ai se eu não obedecesse ao meu coração! – A Razão? – É como o vento: diminui as tochas e anima os incêndios. Adeus, por enquanto.

### Dez da manhã

Repenso – É melhor que você não me escreva até que receba as minhas cartas. Tomo o caminho dos Alpes da Ligúria para evitar as geleiras do Moncenis; você sabe o quanto o frio é mortal para mim.

### Uma hora

Novo tropeço: deve demorar ainda dois dias para eu ter de volta o meu passaporte. Entregarei esta carta quando estiver para subir na carruagem.

### 8 de fevereiro, uma e meia

Eis-me aqui com lágrimas sobre as suas cartas. Reorganizando meus papéis, surgiram aos meus olhos esses poucos versos que você me escreveu no pé da página de uma carta de minha mãe, dois dias antes que eu abandonasse as minhas colinas: "Todos os meus pensamentos o acompanham, ó meu Jacopo, acompanham-no os meus votos e a minha amizade, que viverá eterna por você. Serei sempre o seu amigo e o seu irmão de amor e dividirei com você também a minha alma." Você sabe que eu repito essas palavras e me sinto tão enormemente atormentado que estou prestes a me lançar ao seu pescoço e a expirar em seus braços? Adeus, adeus. Voltarei.

### Três horas

Fui dizer adeus a Parini. – Adeus, disse-me, ó jovem desafortunado. Você levará por todos os lados e sempre consigo as suas generosas paixões, as quais não poderá jamais satisfazer. Será sempre infeliz. Eu não posso consolá-lo com meus conselhos, porque nem mesmo servem às minhas desventuras que derivam da mesma fonte. O frio da idade entorpeceu os meus membros; mas o coração – ainda está de sentinela. O único conforto que eu posso lhe dar é a minha piedade, carregue-a toda consigo. Em pouco tempo eu não viverei mais; contudo, se minhas cinzas mantiverem algum sentimento – se você encontrar algum alívio lamentando-se sobre minha sepultura, venha. Eu rompi em irrefreáveis lágrimas e o deixei; e ele saiu, seguindo-me com os olhos enquanto eu fugia por aquele longuíssimo corredor; e entendi que ele me dizia com voz chorosa – adeus.

### *Nove da noite*

Está tudo acertado. Os cavalos foram requisitados para a meia-noite – vou me deitar vestido, esperando que cheguem. Sinto-me tão cansado! Adeus, enquanto isso, adeus, Lorenzo. Escrevo o seu nome e me despeço de você com carinho e com certa superstição nunca experimentada. Nós nos reencontraremos – se eu não devesse! Não, eu não morreria sem vê-lo novamente e sem lhe agradecer para sempre – e a você, minha Teresa, mas já que o meu infelicíssimo amor custaria a sua paz e o pranto da sua família, eu fujo sem saber para onde me arrastará o meu destino: que os Alpes, o Oceano e um mundo inteiro, se é possível, nos dividam.

### *Gênova, 11 de fevereiro*

Eis o Sol mais belo! Todas as minhas fibras tremem com suavidade porque sentem outra vez o regozijo deste Céu radiante e salubre. Estou mesmo contente por ter partido! Prosseguirei em poucas horas; não sei ainda lhe dizer onde vou parar, nem quando terminará minha viagem, mas lá pelo dia 16 estarei em Toulon.

## Pietra, 15 de fevereiro

Estradas alpinas, horrendas montanhas íngremes, todo o rigor do tempo, todo o cansaço e os aborrecimentos da viagem, e depois?

> Achei-me novamente circundado
> De outros míseros, de outras amarguras.[19]

Escrevo de uma cidadezinha no sopé dos Alpes Marítimos. Fui forçado a parar porque a estalagem está sem montarias, nem sei quando poderei partir. Eis-me, portanto, sempre com você e sempre com novas aflições: estou destinado a não mover um passo sem encontrar pelo caminho a minha dor. Nesses dois dias saí por volta do meio-dia, talvez uma milha de distância do povoado, passeando entre algumas oliveiras na direção do mar: eu vou me consolar nos raios do Sol e beber daquele ar animado, embora mesmo neste tépido clima o inverno este ano esteja bem menos agradável do que o usual. E lá eu imaginava estar totalmente sozinho ou pelo menos desconhecido dos viventes que passavam; mas, logo que me recolhi em casa, Michel, que saíra para reavivar o fogo, veio me contar como certo homem, quase um mendigo, chegando pouco antes nesta taberna de péssima qualidade, perguntou–lhe se eu era um jovem que havia estudado em Pádua tempos atrás; não soube dizer o nome, mas dizia tantas coisas sobre mim e sobre aquele tempo e também mencionava você. – De fato, continuou Michel, eu estava enredado; respondi-lhe, e ele se aproximou: falava veneziano; e é mesmo uma boa coisa encontrar nestas solidões um compatriota – e, além disso, estava tão esfarrapado! Em suma, prometi a ele – talvez o senhor não goste – mas me despertou tanta compaixão que eu lhe prometi deixá-lo vir; na verdade, está aqui fora. – Que venha, eu disse a Michel – e esperando-o, sentia toda a minha pessoa inundada por uma tristeza repentina. O rapaz voltou com um homem alto, esquelético, parecia jovem e bonito, mas seu rosto estava deformado pelas rugas da dor. Irmão! Eu estava envolto em peles e junto ao fogo; jogado ociosamente na cadeira próxima ao meu enorme capote; o taverneiro subia e descia preparando-me o jantar. Aquele miserável tinha apenas um gibão de pano, e eu tremia de frio só de olhá-lo. Talvez a minha triste recepção e o seu estado miserável tenham-no desanimado de início, mas, depois de poucas palavras minhas, ele percebeu que o seu Jacopo não nasceu para desanimar os infelizes e sentou-se comigo para se aquecer, falando-me sobre o último lamentável ano da sua vida. Disse-me: Eu conheci um estudante que estava dia e noite em Pádua com vocês – e mencionou você –, quanto tempo faz que não ouço notícias dele!

Mas espero que a sorte não lhe seja tão injusta. Eu estava estudando, não lhe direi, meu Lorenzo, quem ele é. Deverei eu entristecê-lo com as desventuras de um homem que você conheceu feliz e que talvez você ainda ame? É demais, pois o destino condenou você a sempre se afligir por minha causa.

Ele continuou: hoje, vindo de Albenga, antes de chegar a esta cidadezinha, cruzei com vocês ao longo da costa. Vocês não notaram como eu me virava constantemente a examiná-los e me parecia tê-los reconhecido; mas não os conhecendo, a não ser de vista, e após quatro anos, suspeitava estar errado. Seu criado depois me confirmou.

Agradeci-lhe por ter vindo me ver, conversei com ele sobre você, e eu lhe fui ainda mais grato. Disse-lhe por que me trouxe o nome de Lorenzo. Não repetirei sua dolorosa história. Emigrou pela paz de Campoformio e se alistou como tenente na artilharia Cisalpina. Queixando-se um dia das fadigas e dos serviços que ele pensava suportar, um amigo lhe ofereceu um emprego. Abandonou a milícia. Mas o amigo, o emprego e o teto lhe faltaram. Viveu miseravelmente pela Itália e embarcou em Livorno. – Mas à medida que ele falava, eu ouvia na sala ao lado um choramingo de criança e um gemido baixo e percebi que ele ia parando e que ouvia com alguma ansiedade. Quando aquele choramingo silenciava, ele recomeçava. – Talvez, eu lhe disse, sejam viajantes que acabaram de chegar. – Não, respondeu ele, é a minha filhinha de treze meses que chora.

E continuou a me contar que ele, enquanto era tenente, se casou com uma jovem pobre e que as perpétuas marchas, as quais a jovenzinha não podia aguentar, e o salário baixo o estimularam ainda mais a confiar naquele que depois o traiu. De Livorno, navegou para Marselha ao acaso e arrastou-se por toda a Provença e depois no Delfinato, tentando ensinar italiano sem nunca conseguir encontrar nem trabalho nem pão, e agora retornava de Avignon para Milão. – Eu me volto para trás – continuou ele –, olho para o tempo passado, e não sei como posso ter sobrevivido. Sem dinheiro, seguido sempre por uma mulher extenuada, com os pés lacerados, os braços exaustos pelo constante peso de uma criatura inocente que exige alimento do peito abatido de sua mãe, que rasga com os seus gritos as entranhas dos seus desafortunados pais, e não podemos aquietá-la por causa das nossas desgraças. Quantas jornadas ardentes, quantas noites dormimos congelados nos estábulos entre jumentos ou como os animais nas cavernas! Perseguido de cidade em cidade por todos os governos, porque a minha indigência me fechava a porta dos magistrados ou não me permitia dar conta de mim. Quem me conhecia ou não quis mais saber de mim, ou me virou as costas. – E sim – disse-lhe eu – sei que, em Milão e em outros lugares, muitos dos nossos compatriotas emigrados são considerados liberais. – Então – acrescentou ele –, a minha sorte cruel os fez cruel unicamente para mim. Mesmo as pessoas de bom coração se cansam de fazer o bem: são tantos os pobres coitados! Eu não sei – mas o tal – o tal (e os nomes desses homens que eu descobria tão hipócritas eram para mim, Lorenzo, muitas facadas no coração) que me fez esperar muitas vezes em vão à sua porta; que depois de apaixonadas promessas me fez caminhar tantas milhas até a sua casa de prazeres para me dar algumas poucas liras de esmolas: o mais humano me jogou um pedaço de pão sem querer me ver; e o mais generoso me fez passar assim, esfarrapado, por um cortejo de criados e convidados, e depois de recordar a decadente prosperidade da minha família e me recomendar o estudo e a probidade, disse-me amigavelmente que eu retornasse de manhã cedo. Ao retornar, encontrei na antecâmara três serviçais, um dos quais me disse que seu patrão dormia e me colocou nas mãos dois escudos e uma camisa. Ah, senhor! Eu não sei se o senhor é rico, mas o seu aspecto e aqueles suspiros me dizem que é desventurado e piedoso. Acredite em mim, eu vi com meus próprios olhos que o dinheiro faz parecer benéfico até mesmo o usurário e que o homem esplêndido raramente se digna a alugar o seu benefício entre trapos. – Eu estava em silêncio, e ele, erguendo-se para se despedir, recomeçou a falar:

– Os livros me ensinaram a amar os homens e a virtude, mas os livros, os homens e a virtude me traíram. Tenho a mente sábia, o coração ofendido e os braços incapazes a cada útil ofício. Se meu pai ouvisse da terra onde está sepultado com que lamento grave eu o acuso de não ter feito os seus cinco filhos lenhadores ou alfaiates! Pela mísera vaidade de preservar a nobreza sem a riqueza, desperdiçou por nós todo o pouco que possuía, nas universidades e na vaidade das coisas mundanas. E nós, enquanto isso? Eu nunca soube que sorte tiveram os meus outros irmãos. Escrevi muitas cartas, mas não vi resposta: ou estão miseráveis, ou são desnaturados. Para mim, este é o fruto das ambiciosas esperanças de meu pai. Quantas vezes sou levado pela noite ou pela fome a me refugiar em uma taverna, mas, entrando nela, não sei como pagarei a manhã iminente. Sem sapatos, sem roupas. – Ah, cubra-se! – eu lhe disse, erguendo-me, e o cobri com o meu manto. E Michel, que tendo vindo ao aposento para algum serviço, estava parado um pouco distante, escutando, aproximou-se enxugando os olhos com as costas da mão e lhe ajustou o manto sobre os ombros, mas com certo respeito, como se tivesse medo de insultar a finda sorte daquela pessoa tão bem nascida.

Ó Michel! Eu lembro que você poderia viver livre até o dia em que seu irmão mais velho, começando uma pequena loja, chamou-o, mas você escolheu permanecer comigo, mesmo como servo. Noto o amoroso respeito pelo qual você dissimula os meus ímpetos extravagantes e cala também as suas razões nos momentos da minha injusta cólera. Vejo com quanta hilaridade você suporta os aborrecimentos de minha solidão e a fé com que você sustenta as adversidades desta minha peregrinação. Com frequência, com o seu jovial semblante você me acalma; mas, quando fico calado por dias inteiros, vencido pelo meu humor mais negro, você reprime a alegria do seu coração contente para fazer com que eu não perceba o meu estado. É verdade! Esse ato gentil para com aquele infeliz santificou o meu reconhecimento por você. Você é o filho da minha nutriz, foi criado na minha casa, jamais o abandonarei. Mas eu o amo ainda mais porque percebo que o seu estado servil talvez tivesse endurecido a sua bela índole, se ela não tivesse sido cultivada pela minha terna mãe, aquela mulher que, com sua alma delicada e com seus suaves modos, torna cortês e amoroso tudo o que vive com ela.

Quando fiquei sozinho, dei a Michel tudo o que podia, e ele, enquanto eu jantava, levou tudo para aquele desamparado. Assim que economizar o suficiente para chegar a Nice, negociarei todas as promissórias que, nos bancos de Gênova, fiz enviarem para Toulon e Marselha. Esta manhã, quando ele, antes de ir embora, veio com a esposa e com a criança me agradecer, eu via com quanta alegria me dizia: Sem o senhor eu teria ido hoje procurar o primeiro hospital. – Eu não tive ânimo para responder, mas meu coração lhe falava: Agora você tem como viver durante quatro meses ou seis. E depois? – A esperança mentirosa por enquanto o guia pela mão, e o ameno caminho por onde está entrando talvez o leve a um percurso mais desastroso. Você procurava o primeiro abrigo e estava talvez não muito distante do refúgio da cova. Mas este meu pouco socorro, pois o destino não me permite ajudá-lo realmente, dar-lhe-á mais uma vez o vigor para suportar de novo e por mais tempo aqueles males que já o tinham quase consumido e libertado para sempre. Aproveite, enquanto isso, o presente; mas quantas dificuldades você teve de suportar, porque esse seu estado, que para muitos seria bem difícil, para você parece tão feliz! Ah, se você não fosse pai e marido, talvez eu lhe desse um conselho! Sem lhe dizer uma palavra, abracei-o; enquanto partiam, eu os olhava, angustiado por um desgosto mortal.[20]

Ontem à noite, despindo-me, eu pensava: Por que esse homem emigrou de sua pátria? Por que se casou? Por que deixou um sustento seguro? E toda a história dele me parecia o romance de um louco; e eu buscava entender aquilo que ele, para não carregar comigo todas aquelas desgraças, teria podido fazer ou não fazer. Mas como mais de uma vez ouvi, sem sucesso, repetir tantos *porquês* e vi que todos se fazem de médicos nas doenças dos outros, fui para a cama, resmungando: Ó mortais que julgais temerário tudo aquilo que não é próspero, coloquem uma mão sobre o peito e depois confessem – vocês são mais sábios ou mais afortunados?

 Ou você acredita que tudo o que ele disse é verdade? Eu? Creio que ele estava metade nu e eu vestido; vi uma mulher doente; ouvi os gritos de uma menina. Meu Lorenzo, deve-se também procurar com a lanterna novas razões contra o pobre, porque se sente na consciência o direito que a natureza lhe deu sobre as riquezas dos ricos. Eh! As desgraças não derivam de outra coisa senão dos vícios, e esses talvez derivem de um delito. Talvez? Eu não sei, nem indago. Eu, juiz, condenaria todos os delinquentes, mas eu, homem, ah! Penso na repugnância com que nasce a primeira ideia do delito, na fome e nas paixões que arrastam a consumá-lo, nas agonias perpétuas, no remorso com o qual o homem se sacia com o fruto ensanguentado da culpa, nos cárceres que o réu contempla sempre abertos para enterrá-lo – e se depois, escapando da justiça, ele paga a pena com a desonra e com a indigência, deveria abandoná-lo ao desespero e a novos delitos? Só ele é culpado? A calúnia, a traição do segredo, a sedução, a maldade, a cruel ingratidão são delitos mais atrozes, mas esses nem são ameaçados? E quem obtevé pelo delito campos e honra! – Ó legisladores, ó juízes, punam; mas às vezes andem pelos casebres da plebe, nos subúrbios de todas as principais cidades, e verão todos os dias um quarto da população que, acordando sobre a palha, não sabe como aplacar as supremas necessidades da vida. Sei que não se pode remodelar a sociedade e que a fome, as culpas e os suplícios são também elementos da ordem e da prosperidade universal; porém, acredita-se que não se possa manter o mundo sem juízes ou forcas, e eu creio nisso, já que todo mundo crê. Mas eu? Jamais serei juiz. Nesse grande vale, onde a espécie humana nasce, vive, morre, se reproduz, se cansa e depois volta a morrer, sem saber como nem por quê, eu não distingo senão afortunados e desafortunados. E se encontro um infeliz, tenho pena do nosso destino e derramo quanto bálsamo posso sobre as feridas do homem, mas deixo os seus méritos e as suas culpas na balança de Deus.

### *Ventimiglia, 19 e 20 de fevereiro*

Você é desesperadamente infeliz; vive entre as agonias da morte e não tem a tranquilidade dela; mas você deve tolerá-las pelos outros. Assim, a filosofia exige dos homens um heroísmo que a Natureza evita. Quem odeia a própria vida pode amar o menor bem que não tem certeza de reportar à sociedade e sacrificar à ilusão muitos anos de pranto? E como poderá esperar pelos outros aquele que não tem desejos, nem esperanças para si, e que, abandonado por tudo, abandona a si mesmo? – Você não é miserável sozinho. – Infelizmente! Mas essa consolação não é, ao contrário, pretexto da inveja secreta da prosperidade do outro que cada homem alimenta? A miséria dos outros não diminui a minha. Quem é generoso o suficiente para assumir as minhas enfermidades? E quem, mesmo querendo, poderia? Teria, talvez, mais coragem para suportá-las, mas o que é a coragem sem força? Não é vil o homem arrastado pelo curso incontrolável de uma torrente, mas sim quem tem forças para se salvar e não as utiliza. Onde está agora o sábio que pode se constituir juiz das nossas íntimas forças? Quem pode impor norma aos efeitos das paixões nas várias índoles dos homens e das incalculáveis circunstâncias nas quais deve decidir. Este é vil porque cede; aquele que suporta é um herói? Porém, o amor pela vida é tão imperioso que mais batalha terá feito o primeiro para não ceder que o segundo para suportar.

E as dívidas que você tem para com a Sociedade? – Dívidas? Por que me tirou do livre ventre da natureza, quando eu não tinha nem a razão, nem o arbítrio de consentir, nem a força de me opor, e me educou entre as suas necessidades e entre os seus preconceitos? Lorenzo, perdoe se insisto demais nesse discurso tão disputado por nós. Não quero tirá-lo da sua opinião tão diferente da minha; pelo contrário, vou dissipar toda dúvida de mim. Você pensaria como eu se sentisse as minhas feridas, que o céu o poupe delas! Contraí essas dívidas espontaneamente? E minha vida deverá pagar, como um escravo, os males que a sociedade me traz, só porque os intitula de benefícios? E são benefícios: aproveito-me deles e os retribuo enquanto viver; e se na sepultura não sou vantajoso para a sociedade, qual bem obtenho no sepulcro? Ó amigo meu! Todo indivíduo é inimigo nato da Sociedade, porque a Sociedade é inimiga necessária dos indivíduos. Suponha que todos os mortais tivessem interesse em abandonar a vida, você acha que a manteriam apenas por mim? Se eu cometo uma ação danosa contra a maioria, sou punido, mas jamais poderei me vingar das suas ações, apesar de resultarem em máximo dano para mim. Eles podem bem pretender que eu seja o filho da grande família, mas, renunciando aos bens e aos deveres comuns, posso dizer: sou um mundo em mim mesmo, e pretendo me emancipar porque sinto falta da felicidade que vocês me prometeram. E se eu, dividindo-me, não encontro a minha porção de liberdade; se os homens a usurparam porque são mais fortes; se me punem porque a peço novamente; não os desobrigo das suas promessas mentirosas e das minhas queixas impotentes, buscando abrigo debaixo da terra? Ah!

Aqueles filósofos que evangelizaram as virtudes humanas, a probidade natural, a mútua benevolência – são inadvertidamente apóstolos dos astutos e seduzem aquelas poucas almas ingênuas e ardentes, que, amando sinceramente os homens pelo ardor de serem correspondidas, serão sempre vítimas tardiamente arrependidas pela sua leal credulidade.

Quantas vezes todos esses argumentos da razão encontraram fechada a porta do meu coração, porque eu, todavia, esperava consagrar os meus tormentos à felicidade dos outros! Mas, em nome de Deus, ouça e responda-me. Para que eu vivo? Que proveito tenho para você, eu, fugitivo entre estas cavernosas montanhas? Que honra trago a mim mesmo, à minha pátria, aos meus caros? Há diferença dessas solidões para a tumba? A minha morte seria para mim a meta dos problemas e para vocês todos o fim da ansiedade sobre o meu estado. Em vez de tantas angústias contínuas, eu lhes daria uma única dor – terrível, mas última: e vocês teriam a certeza da minha paz eterna. Os males não compram de volta a vida.

Penso todo dia na despesa que há meses causo à minha mãe, nem sei como ela pode fazer tanto. Se eu voltasse, encontraria a nossa casa privada de seu esplendor. E começava já a se ofuscar, muito antes que eu partisse, pelas extorsões públicas e privadas que não deixam de nos abater. Porém, nem assim aquela mãe benfeitora deixa de cuidar: encontrei algum dinheiro em Milão; mas essas afetuosas generosidades certamente diminuem as comodidades entre as quais ela nasceu. Infelizmente foi uma esposa mal-aventurada! Seus bens sustentam a minha casa, que decaía por causa da prodigalidade de meu pai, e a idade dela deixa ainda mais amargos esses pensamentos. Se soubesse! Tudo é em vão para o infeliz do seu filho. Se ela visse aqui dentro; se visse as trevas e a consumação da minha alma! Ah! Não lhe fale disso, ó Lorenzo: mas isso é vida? – Ah, sim! Eu vivo ainda, e o único espírito dos meus dias é uma surda esperança que os reanima sempre e que ainda assim tento não escutar: não posso, e, se quero desenganá-la, ela se converte em desespero infernal. Seu juramento, ó Teresa, proferirá em breve minha sentença, mas enquanto você é livre e o nosso amor está, no entanto, na arbitrariedade das circunstâncias do futuro incerto e da morte, você será sempre minha. Eu converso com você, vejo-a e a abraço: parece-me que mesmo de longe você sente a sensação dos meus beijos e das minhas lágrimas. Mas quando você for oferecida pelo seu pai como sacrifício de reconciliação sobre o altar de Deus – quando o seu pranto tiver restituído a paz à sua família – então não eu, mas só e unicamente o desespero destruirá o homem e suas paixões. E como pode se apagar, enquanto eu viver, o meu amor? Como as suas doces ilusões não a seduzirão sempre no seu íntimo? Mas então não serão mais santas e inocentes. Eu não amarei, quando for de outros, a mulher que foi minha. Amo imensamente Teresa, mas não a mulher de Odoardo, ai de mim! Talvez enquanto escrevo, você esteja na cama dele! – Lorenzo! Ah, Lorenzo! Eis aqui aquele meu demônio perseguidor; volta a me importunar, a me atormentar, a me atacar, e me cega o intelecto e detém até as palpitações do meu coração e me torna feroz, e quer que o mundo termine comigo. Chorem todos; e por que me enfia um punhal entre as mãos, e me precede, e se volta observando se eu o sigo, e me aponta onde eu devo ferir? Você vem da altíssima vingança do Céu? – Assim, no meu furor e nas minhas superstições, eu me prostro sobre a poeira, implorando ferozmente a um Deus que não conheço, que outras vezes adorei inocentemente, que não ofendi, de quem duvido sempre, depois tremo e o adoro. Onde busco ajuda? Não em mim, não nos homens; a Terra eu a ensanguentei, e o Sol é negro.

Finalmente eis-me em paz! Que paz? Cansaço, sonolência de sepultura. Vaguei por essas montanhas. Não há nenhuma árvore, casebre, grama. Tudo são ramos; ásperos e lívidos penhascos e aqui e ali muitas cruzes que assinalam o local dos viajantes assassinados. Lá embaixo é o Roia, uma torrente que, quando se derretem os gelos, precipita das entranhas dos Alpes e por um grande trecho dividiu em duas essa imensa montanha. Ali há uma ponte, junto à marina, que volta a unir o caminho. Parei sobre ela e levei o olhar até onde pode alcançar a vista; percorrendo dois diques de altíssimos penhascos e de desfiladeiros cavernosos, mal se veem, colocados sobre a nuca dos Alpes, outros Alpes de neve que emergem no Céu, e tudo branqueja e se confunde – daqueles escancarados Alpes, desce e passeia, flutuando, a tramontana, e por aqueles deltas invade o Mediterrâneo. A natureza se assenta aqui, solitária e ameaçadora, e expulsa deste seu reino todos os seres vivos.

Os seus confins, ó Itália, são estes! Mas são todos os dias vencidos pela pertinaz avareza das nações. Então, onde estão seus filhos? Nada lhe falta senão a força da concórdia. Eu despenderei gloriosamente a minha vida infeliz por você, mas o que pode fazer sozinho o meu braço e a minha indefesa voz? Onde está o antigo terror da sua glória? Miseráveis! Nós, a cada dia, relembramos a liberdade e a glória dos antepassados, as quais quanto mais resplandecem tanto mais descobrem a nossa abjeta escravidão. Enquanto invocamos aquelas sombras magnânimas, nossos inimigos pisam nos seus túmulos. E virá talvez o dia em que nós, perdendo os bens, o intelecto e a voz, seremos semelhantes aos escravos domésticos dos antigos ou traficados como os pobres Negros, e veremos nossos patrões abrirem as sepulturas, desenterrarem e dispersarem ao vento as cinzas daqueles Grandes para aniquilar as nuas memórias, pois hoje os nossos faustos são para nós motivo de soberba, mas não estímulo do antigo entorpecimento.

Assim, grito quando sinto o nome italiano encher meu peito de orgulho e, olhando ao redor, busco e não encontro mais a minha pátria. Mas depois digo: Parece que os homens são artífices das suas próprias desgraças, mas as desgraças derivam da ordem universal, e o gênero humano serve orgulhosa e cegamente aos destinos. Nós argumentamos sobre os acontecimentos de poucos séculos: o que são eles no imenso espaço do tempo? Semelhantes às estações da nossa vida mortal, parecem por vezes carregadas por acontecimentos extraordinários, os quais também são comuns e necessários efeitos do todo. O universo se contrabalança. As nações se devoram porque uma não poderia existir sem os cadáveres da outra. Ao olhar destes Alpes a Itália, eu choro e tremo e invoco vingança contra os invasores; mas a minha voz se perde entre o frêmito ainda vivo de tantos povos que morreram quando os romanos roubavam o mundo, buscavam além dos mares e dos desertos novos impérios para devastar, violavam os deuses dos vencidos, acorrentavam príncipes e povos livres até que, não encontrando mais onde ensanguentar seus ferros, nos viraram contra as próprias vísceras. Assim os israelitas trucidavam os pacíficos habitantes de Canaã, e depois os babilônicos arrastaram para a escravidão os sacerdotes, as mães e os filhos do povo de Judá. Assim Alexandre derrubou o império da Babilônia e, depois de ter queimado grande parte da terra, irritou-se porque não havia outro universo. Assim os espartanos três vezes desmantelaram Messina e três vezes expulsaram da Grécia os messênicos, que, mesmo sendo gregos, eram da mesma religião e netos dos mesmos ancestrais. Assim exterminavam-se os antigos italianos até serem engolidos pela fortuna de Roma. Mas, em pouquíssimos séculos, a rainha do mundo tornou-se presa dos Césares, dos Neros, dos Constantinos, dos Vândalos e dos Papas. Oh, quanta fumaça de fogueiras humanas atravancou o céu da América; oh, quanto sangue de inumeráveis povos que nem temor nem inveja tinham dos europeus foi pelo oceano levado a contaminar de infâmia as nossas praias! Mas aquele sangue será um dia vingado e se derramará sobre os filhos dos europeus! Todas as nações têm as suas idades. Hoje são tiranas para amadurecer a própria escravidão de amanhã, e aqueles que pagavam antes, de modo desprezível, o tributo, um dia com o ferro e com o fogo o cobrarão. A Terra é uma floresta de feras. A fome, os dilúvios e a peste são providências da Natureza, como a esterilidade de um campo que prepara a abundância para o ano que está por vir: e quem sabe? Talvez até as desgraças desse preparem a prosperidade de um outro.

Enquanto isso, nós chamamos pomposamente de virtudes todas as ações vantajosas para a segurança de quem está no poder e para o medo de quem serve. Os governos impõem justiça, mas poderiam impô-la se para reinar não a tivessem antes violado? Quem roubou por ambição províncias inteiras manda solenemente para a forca quem por fome rouba um pouco de pão. Quando a força rompeu todos os direitos alheios, para depois conservá-los para si, enganou os mortais com as aparências do justo até ser destruída por outra força. Eis o mundo e os homens. Entretanto, surgem às vezes alguns mortais mais audazes; primeiro ridicularizados como frenéticos e muitas vezes como malfeitores, são decapitados; depois são favorecidos pela sorte que eles acreditam ser a sua própria, mas que não é, enfim, nada além do movimento prepotente das coisas, são, então, obedecidos e temidos e, após a morte, divinizados. Essa é a raça dos heróis, dos líderes de seitas e dos fundadores das nações, os quais, por seu orgulho e pela estupidez da plebe, consideram ter subido tão alto pelo próprio valor, mas são engrenagens cegas do relógio. Quando uma revolução no globo está madura, necessariamente há homens que a começam e que fazem dos seus crânios banquetas para o trono de quem a completa. E porque a estirpe humana não encontra nem felicidade nem justiça sobre a terra, cria os Deuses protetores da fraqueza e procura recompensas futuras pelo pranto presente. Mas os Deuses se vestiram em todos os séculos com as armas dos conquistadores: e oprimem os povos com as paixões, os furores e as astúcias de quem quer reinar.

Lorenzo, você sabe onde ainda vive a verdadeira virtude? Em nós, os poucos fracos e infelizes; em nós, que, depois de termos experimentado todos os erros e sentido todos os problemas da vida, sabemos chorá-los e socorrê-los. Você, ó Compaixão, é a única virtude! Todas as outras são virtudes usurárias.

Mas enquanto eu olho do alto as loucuras e as desgraças fatais da humanidade, não sinto, por acaso, todas as paixões, a fraqueza e o pranto, elementos únicos do homem? Não suspiro a cada dia pela minha pátria? Não digo a mim, lamentando: Você tem uma mãe e um amigo, você ama; uma multidão de miseráveis o espera, aos quais você é caro e que talvez tenham esperança em você – para onde você foge? Até nas terras estrangeiras a perfídia dos homens, as dores e a morte perseguirão você: aqui talvez você caia, e ninguém lhe terá compaixão, e você também sentirá no seu miserável peito o prazer de ser chorado. Abandonado por todos, você não pede ajuda ao Céu? Ele não escuta, e ainda assim, nas suas aflições, o seu coração se volta involuntariamente para ele – vá, prostre-se, mas aos altares domésticos.

Oh, Natureza! Você precisa que sejamos infelizes e nos considera como os vermes e os insetos que vemos pulular e se multiplicar sem saber por que vivem? Mas se você nos dotou do fatal instinto da vida, para que o mortal não caia sob o fardo das suas enfermidades e obedeça incontestavelmente a todas as suas leis, por que então nos dar este dom ainda mais fatal que é a razão? Nós tocamos com a mão todas as nossas calamidades, ignorando sempre o modo de remediá-las.

Por que então eu fujo? E em quais regiões distantes vou me perder? Onde encontrarei homens diferentes dos homens? Ou não pressinto os desastres, as enfermidades e a indigência que fora da minha pátria me esperam? Ah, não! Eu voltarei para vocês, ó sagradas terras, as primeiras a ouvirem meus primeiros choros, onde tantas vezes descansei estes meus membros cansados, onde encontrei na escuridão e na paz meus poucos prazeres, onde na dor revelei meus prantos. Já que tudo está vestido de tristeza para mim, se nada mais posso esperar a não ser o sono eterno da morte, só vocês, ó minhas selvas, ouvirão meu último lamento, e só vocês cobrirão com suas sombras pacíficas o meu frio cadáver. Chorarão por mim aqueles infelizes que são os companheiros das minhas desgraças – e se as paixões vivem depois do sepulcro, meu espírito doloroso será confortado pelos suspiros daquela jovem celestial que eu acreditava ter nascido para mim, mas que os interesses dos homens e o meu destino cruel me arrancaram do peito.

### *Alexandria, 29 de fevereiro*

De Nice, em vez de continuar por dentro da França, tomei o caminho de Monferrato. Esta noite dormirei em Piacenza. Na quinta-feira escreverei de Rimini. Então lhe direi – agora adeus.

### *Rimini, 5 de março*

Tudo se dissipa para mim. Eu vinha ansiosamente rever Bertola;[21] há um bom tempo não recebia cartas suas – está morto.

### *Onze da noite*

Eu soube: Teresa se casou. Você se cala para não me abrir a verdadeira ferida – mas o enfermo geme quando a morte o combate, não quando o venceu. Melhor assim, tudo está decidido; e agora também estou tranquilo, incrivelmente tranquilo. Adeus. Roma está sempre no meu coração.

*Do fragmento a seguir, datado da mesma noite, nota-se que Jacopo decretou morrer naquele dia. Vários outros fragmentos, recolhidos, como este, dentre seus papéis, parecem os últimos pensamentos que lhe reafirmaram os propósitos; porém, eu os irei separando de acordo com as suas datas.*

"Vejo a meta: tenho já tudo decidido há muito tempo no coração – o modo, o lugar – nem o dia está longe.

O que é a vida para mim? O tempo me devorou os momentos felizes: eu não a conheço senão no sentimento da dor: e agora até mesmo a ilusão me abandona – medito sobre o passado, olho fixamente para os dias que virão e não vejo nada. Estes anos que mal marcaram a minha juventude, como passaram lentos entre os temores, as esperanças, os desejos, os enganos, o tédio! E se busco a herança que me deixaram, não encontro senão a lembrança de poucos prazeres que não existem mais e um mar de desgraças que abatem a minha coragem, porque me fazem temer por coisas piores. E se na vida está a dor, no que mais ter esperança? No nada ou em outra vida diferente desta. – Por isso, deliberei; não odeio desesperadamente a mim mesmo; não odeio os vivos. Procuro há muito a paz, e a razão aponta-me sempre o túmulo. Quantas vezes, submerso na meditação das minhas desventuras, eu começava a perder a esperança em mim! A ideia da morte dissolvia a minha tristeza, e eu sorria com a esperança de não viver mais. – Estou tranquilo, imperturbavelmente tranquilo. As ilusões desapareceram; os desejos estão mortos; as esperanças e os temores deixaram-me livre o intelecto. Não mais mil fantasmas ora alegres, ora tristes, confundem e desviam a minha imaginação; não mais vãos argumentos adulam a minha razão, tudo é calma. Arrependimentos sobre o passado, tédio do presente e temor do futuro: eis a vida. Apenas a morte, a quem é confiada a sagrada mudança das coisas, promete paz."

*De Ravena não me escreveu, mas a partir deste outro trecho vemos que ele esteve por lá naquela semana.*

"Não temerariamente, mas com ânimo ajuizado e seguro. Quantas tempestades antes que a morte pudesse falar assim pacatamente comigo – e eu assim pacato com ela!

Sobre o seu túmulo, Pai Dante! Abraçando-o, aferrei-me ainda mais à minha decisão. Você me viu? Por acaso você me inspirou, Pai, tanta firmeza de juízo e de coração, enquanto eu, genuflexo, com a testa apoiada nos seus mármores meditava sobre o seu elevado espírito, o seu amor, a sua pátria ingrata, o exílio, a pobreza, a sua mente divina? E me separei da sua sombra mais decidido e mais contente."

*Ao amanhecer de 13 de março, desceu às colinas Eugâneas e enviou Michel a Veneza, jogando-se na cama, ainda de botas como estava, indo dormir. Eu estava justamente com a mãe de Jacopo, quando ela, que antes de mim viu na sua frente o rapaz, perguntou assustada: E meu filho? – A carta de Alexandria ainda não tinha chegado, e Jacopo chegou antes também daquela de Rimini: nós pensávamos que ele já estivesse na França, por isso o inesperado retorno do servo foi para nós pressentimento de cruéis notícias. Ele contava:* "Meu senhor está no campo, não pode escrever, porque viajamos a noite toda e dormia quando eu montei no cavalo. Venho para avisar que vamos partir novamente e acredito, pelo que o ouvi dizer, para Roma. Se bem me lembro, para Roma e depois para Ancona, onde vamos embarcar. No mais, o meu senhor está bem; e há quase uma semana eu o vejo mais aliviado. Disse-me que antes de partir virá cumprimentar a senhora e me mandou aqui para avisar; virá depois de amanhã, talvez amanhã. *O servo parecia contente, mas o seu relato confuso aumentou as nossas preocupações, que não se aquietaram senão no dia seguinte, quando Jacopo escreveu que partiria novamente para as Ilhas Vênetas e que, temendo talvez não mais retornar, viria nos rever e receber a bênção de sua mãe. – Esse bilhete foi perdido.*

 *Enquanto isso, no dia de sua chegada nas colinas Eugâneas, acordando quatro horas antes do anoitecer, desceu para passear perto da igreja, voltou, vestiu-se novamente e foi para casa de T\*\*\*. Soube por um familiar que havia seis dias todos tinham vindo de Pádua e que dali a momentos chegariam do passeio. Era quase noite, e voltou para casa. Depois de não muitos passos, reparou em Teresa, que vinha de mãos dadas com Isabellina e, atrás delas, o senhor T\*\*\* com Odoardo. Jacopo foi tomado por um tremor e aproximou-se, perplexo. Teresa mal o reconheceu, gritou: Senhor Deus! E voltando-se meio atordoada, apoiou-se no braço do pai. Como ele estava perto e foi reconhecido por todos, ela não lhe disse uma palavra: apenas o senhor T\*\*\* lhe estendeu a mão, e Odoardo o cumprimentou secamente. Somente Isabellina correu para junto dele e, enquanto ele a tomava nos braços, ela o beijava e o chamava de seu Jacopo, voltando-se para Teresa e apontando para ele. Ele, acompanhando todos, conversava em voz baixa com a menininha. Ninguém abriu a boca; somente Odoardo lhe perguntou se ia para Veneza. –* Em poucos dias, *respondeu. Chegando à porta, despediu-se.*

 *Michel, que de modo algum aceitou dormir em Veneza para não deixar sozinho o seu senhor, voltou para as colinas cerca de uma hora depois da meia-noite e encontrou-o sentado à escrivaninha revendo os seus papéis. Muitos deles foram queimados, vários de menor valor deixava cair rasgados debaixo da mesa. O jovem foi se deitar, deixando o horticultor para que cuidasse dele, ainda mais porque Jacopo não tinha comido nada durante o dia todo. De fato, pouco depois lhe foi trazido parte do seu jantar, e ele comeu dedicando-se sempre aos papéis. Não os examinou todos, mas passeou pelo quarto, depois começou a ler. O horticultor que o via me disse que no final da noite Jacopo abriu as janelas e ali se deteve um pouco. Parece que logo depois escreveu os dois fragmentos que seguem; estão em diferentes faces, mas na mesma folha.*

"Agora vamos: constância. – Aqui está uma braseira cintilante de carvões inflamados. Coloque dentro a mão, queime vivas as suas carnes: cuide; não se humilhe com um gemido. Para quê? E por que devo ostentar um heroísmo que não me favorece?"

"É noite; alta, perfeita noite. Por que vigio imóvel sobre este livro? Não aprendi senão a ciência de ostentar sabedoria quando as paixões não tiranizam a alma. Os preceitos são como os remédios, inúteis quando a enfermidade vence todas as resistências da Natureza.
    Alguns sábios se vangloriam de terem domado as paixões que nunca combateram: essa é a origem da sua arrogância. – Amável estrela d'Alva! Você reluz

do oriente e manda a estes olhos o seu raio – último! Quem teria dito há seis meses, quando você aparecia antes dos outros planetas para alegrar a noite e para acolher os nossos cumprimentos?

Se ao menos despontasse a aurora! – Talvez Teresa se lembre de mim nesse momento – pensamento consolador! Oh, como a beatitude de ser amado suaviza qualquer dor!

Ah, noturno delírio! Vá – você recomeça a me seduzir. Passou a estação; desenganei a mim mesmo; apenas uma solução me resta."

*De manhã mandou pedir uma Bíblia a Odoardo, que não a tinha. Mandou pedir ao padre e quando a trouxeram, ele se trancou. Ao soar do meio-dia, saiu para enviar a seguinte carta e voltou a se trancar.*

**14 de março**

Lorenzo, tenho um segredo que há vários meses está confinado no meu coração, mas a hora da partida está para soar; e é tempo que eu o deposite no seu peito.

Este amigo seu tem sempre diante de si um cadáver. – Eu fiz o que devia; aquela família é, desde aquele dia, menos pobre – mas o pai revive mais?

Em um desses dias da minha tresloucada dor, e já se vão dez meses, cavalgando, eu me afastei muitas milhas. Era noite; eu via surgir um tempo escuro e, voltando, apressava-me: o cavalo devorava o caminho, e apesar disso as minhas esporas o sangravam, e abandonei todas as rédeas sobre o pescoço dele, quase invocando que caísse e se enterrasse comigo. Entrando em uma alameda repleta de árvores, estreita, muito longa, vi uma pessoa e retomei as rédeas; mas o cavalo se irritou mais e se lançou mais impetuosamente. – *Vá para a esquerda*, gritei, *para a esquerda*! Aquele infeliz me ouviu e correu para a esquerda, mas sentindo mais iminente o barulho do galope e, acreditando que o cavalo estava atrás de si naquele estreito caminho, retornou apavorado para a direita. Foi atingido, derrubado, e as patas romperam-lhe o cérebro. Naquele violento choque, o cavalo tombou, lançando-me distante da sela. Por que fiquei vivo e ileso? Corri para onde ouvia um lamento de moribundo: o homem agonizava de bruços em um pântano de sangue; sacudi-o; não tinha voz nem sentidos; minutos depois expirou. Voltei para casa. Aquela noite foi também tempestuosa para toda a Natureza: o granizo devastou os campos; os raios queimaram muitas árvores; e o redemoinho destroçou a capela de um crucifixo. Eu saí a me perder por toda a noite pelas montanhas, com as roupas e a alma ensanguentada, buscando naquele extermínio a pena da minha culpa. Que noite! Você acha que aquele terrível espectro me perdoou? Na manhã seguinte, muito se falou disso: o morto foi encontrado naquela alameda, meia milha mais longe, sob uma pilha de pedras entre dois castanheiros quebrados que atravessavam o caminho; a chuva que até o amanhecer caiu das alturas em torrentes o arrastou com as pedras, tinha os membros e a face em pedaços e foi reconhecido pelos gritos de sua esposa, que procurava por ele. Ninguém foi acusado. Bem me acusavam no meu íntimo as bênçãos daquela viúva porque logo casei a sua filha com o neto do administrador e atribuí um patrimônio ao filho que quer ser padre. E ontem à noite, vieram me agradecer de novo, dizendo-me que eu os libertei da miséria na qual por tantos anos se arrastava a família daquele pobre trabalhador. – Ah! Há também tantos outros miseráveis como vocês, mas têm um marido e um pai que os consola com o seu amor e que eles não mudariam por todas as riquezas da terra – mas vocês!

Assim os homens nascem para se destruírem uns aos outros!

Fogem daquela alameda todos os camponeses e, retornando dos afazeres, para evitá-la, passam pelas pradarias. Diz-se que à noite ali se escutam espíritos; que a ave de mau agouro pousa entre aquelas árvores e depois da meia-noite grita três vezes; que em algumas noites se viu passar uma pessoa morta – não me atrevo a desenganá-los, nem a rir de tais ilusões. Mas você revelará tudo depois da minha morte. A viagem é arriscada, a minha saúde é incerta, não posso me afastar com esse remorso sepultado. Que aqueles dois filhos em toda a sua desgraça e aquela viúva sejam sagrados na minha casa. Adeus.

*Na Bíblia, foram encontradas, muitos dias depois, as traduções repletas de borrões e quase ilegíveis de alguns versículos do* Livro de Jó, *do segundo livro do* Eclesiastes *e de todo o* cântico de Ezequias.

Às quatro horas da tarde estava na casa de T\*\*\*. Teresa descera sozinha para o jardim. O pai dela recebeu-o afavelmente. Odoardo se pôs a ler em uma varanda; e depois de não muito tempo pousou o livro, abriu outro e lendo se encaminhou até os seus aposentos. Então Jacopo tomou o primeiro livro assim como foi deixado aberto por Odoardo; era o volume IV das tragédias de Alfieri: folheou uma ou duas páginas, em seguida, leu em voz alta:

> Quem são vocês?... Quem de aura aberta e pura
> Falou aqui?... Esta? É névoa densa
> Escuridão é; sombra de morte... Oh, veja;
> Quanto mais me aproximo; vê? O Sol ao redor
> Cinturão tem de sangue a guirlanda funesta...
> Ouve o canto de sinistros pássaros?

> Lúgubre um pranto sobre os ares se espalha
> Que me percorre, e a lagrimar me obriga...
> Mas o quê? Vocês também, vocês também choram?...[22]

*O pai de Teresa olhando para ele lhe dizia: ó meu filho! – Jacopo continuou a ler em voz baixa: abriu aleatoriamente aquele mesmo volume e, pousando-o, imediatamente exclamou:*

> Não dei a vocês ainda
> Da minha coragem, prova: ela também será par
> À minha dor.[23]

*A esses versos, Odoardo voltou e o ouviu proferir de forma tão incisiva que se deteve à porta, pensativo. Contou-me depois o senhor T\*\*\* que lhe pareceu, naquele momento, ler a morte na face do nosso pobre amigo e que naqueles dias todas as palavras dele inspiravam reverência e piedade. Conversaram depois sobre a sua viagem, e quando Odoardo lhe perguntou se ele demoraria muito para voltar:* Sim, *respondeu,* posso quase jurar que não nos veremos novamente. Não vamos nos ver mais? *, perguntou a ele o senhor T\*\*\* com voz muito aflita. Então Jacopo, como para tranquilizá-lo, olhou-o nos olhos com um ar feliz e ao mesmo tempo sereno; e depois de breve silêncio, citou sorrindo aquela passagem de Petrarca:*

Não sei, mas talvez
Você estará na terra sem mim por um longo tempo.[24]

*Regressando à casa ao escurecer, trancou-se e não apareceu fora do quarto a não ser na manhã seguinte, muito tarde. Colocarei aqui alguns fragmentos que acredito serem daquela noite, embora eu não saiba assinalar a verdadeira hora na qual foram escritos.*

"Covardia? Você que agora grita covardia não é um daqueles infinitos mortais que indolentes olham as suas correntes e não se atrevem a chorar e beijam a mão que os flagela? O que é o homem? A coragem sempre dominou o universo, porque tudo é fraqueza e medo.

Você me acusa de covardia e enquanto isso vende a sua alma e a sua honra.

Venha me ver agonizar boqueando no meu sangue: você não treme? Quem é o covarde agora? Tire esta faca do meu peito – empunhe-a e diga a si mesmo: *Deverei viver para sempre*? Suprema dor forte, mas breve e generosa. Quem sabe! A sorte lhe prepara uma morte mais dolorosa e mais infame. Confesse. Agora que você mantém aquela arma apontada deliberadamente sobre o seu coração, não se sente capaz de qualquer grande façanha e não se vê livre patrão dos seus tiranos?"

### *Meia-noite*

"Contemplo o campo: veja que noite serena e pacífica! Eis a Lua que surge por trás da montanha. – Ó Lua! Amiga Lua! Mande agora sobre o rosto de Teresa um patético raio semelhante a este que você difunde na minha alma! Sempre a cumprimentei enquanto você aparecia para consolar a muda solidão da Terra: muitas vezes saindo da casa de Teresa falei com você, e você era testemunha dos meus delírios; estes olhos banhados de lágrimas várias vezes a acompanharam no colo das nuvens que a escondiam, procuraram-na nas noites cegas da sua luz. Você ressurgirá, ressurgirá cada vez mais bela; mas o seu amigo cairá, deforme e abandonado cadáver, sem mais ressurgir. Agora lhe peço um último benefício: quando Teresa me procurar entre os ciprestes e os pinheiros do monte, ilumine com seus raios a minha sepultura".

"Belo amanhecer! Faz também muito tempo que eu não acordo após um sono tão repousado e que não a vejo, ó manhã, tão reluzente? Mas meus olhos estavam sempre em pranto; e todos os meus pensamentos, na escuridão, e a minha alma nadava na dor.

Resplandeça, levante, resplandeça, ó Natureza, e reconforte as dores dos mortais. Você não resplandecerá mais para mim. Já senti toda a sua beleza, adorei-a e alimentei-me da sua alegria; e enquanto eu a via, bela e benéfica, você me dizia com uma voz divina: Viva. – Mas no meu desespero depois eu a vi com as mãos gotejantes de sangue, a fragrância das suas flores repleta de veneno para mim, amargos os seus frutos; e você me aparecia devoradora dos seus filhos, atraindo-os com a sua beleza e com os seus dons à dor.

Serei eu um ingrato? Prolongarei a vida para vê-la assim terrível e blasfemá-la? Não, não. – Transformando-se e cegando-me à sua luz, você não me abandona e não me manda, ao mesmo tempo, abandoná-la? – Ah! Agora olho para você e suspiro, mas eu a contemplo ainda pela reminiscência dos prazeres passados, pela certeza de que eu não deverei mais temê-la e porque estou prestes a perdê-la. Não acredito em me rebelar contra você fugindo da vida. A vida e a morte são igualmente leis suas: ou melhor, uma estrada você concede ao nascer, mil ao morrer. Se não nos atribui a enfermidade que mata, talvez queira atribuir as paixões, que têm os mesmos efeitos e a mesma fonte porque derivam de você e não poderiam nos oprimir se de você não tivessem recebido a força? Você não predeterminou uma idade certa para todos. Os homens devem nascer, viver, morrer: eis as suas leis. O que importa o tempo e o modo?

Nada eu subtraio do que você me deu. O meu corpo, esta infinitesimal parte, estará sempre unido a você sob outras formas. O meu espírito, se morrer comigo, será modificado comigo na massa imensa das coisas; e se ele é imortal, a sua essência permanecerá ilesa.

Oh! Para que mais lisonjeio minha razão? Não ouço a solene voz da Natureza? *Eu o fiz nascer para que você, aspirando à própria felicidade, conspirasse para a felicidade universal e, portanto, por instinto, dei a você o amor pela vida e o horror pela morte. Mas se a plenitude da dor vence o instinto, o que mais você pode fazer senão correr pelas ruas nas quais eu o espreito para fugir dos seus males? Qual reconhecimento ainda sujeita você a mim, se a vida que eu lhe dei por benefício foi convertida em dor?*

Que arrogância! Acreditar que sou necessário! Meus anos são um momento imperceptível no incircunscrito espaço do tempo. Eis aqui rios de sangue que levam, entre as suas fumegantes ondas, pilhas recentes de cadáveres humanos: e são esses milhões de homens sacrificados por mil pedaços de terra e em meio século de fama que dois conquistadores disputam com a vida dos povos. E temerei eu imolar a mim mesmo aqueles poucos e dolentes dias que me serão, talvez, roubados pelas perseguições dos homens ou contaminados pelas culpas?"

*Procurei quase religiosamente todos os vestígios do meu amigo nas suas horas supremas e com a mesma religião* *eu escrevo as coisas que pude saber; porém, não lhe digo, ó Leitor, senão aquilo que vi, ou aquilo que me foi, por quem o viu, narrado. Por mais que eu tenha indagado, não soube o que fez nos dias 16, 17 e 18 de março. Foi mais vezes na casa T\*\*\*, mas não se deteve lá. Saía todos aqueles dias quase antes do amanhecer e retirava-se muito tarde, jantava sem dizer uma palavra, e Michel me confirma que tinha noites muito descansadas.*

*A carta que segue não está datada, mas foi escrita no dia 19.*

É impressão minha? Ou Teresa foge de mim? – Ela foge de mim! Todos – e junto dela está sempre Odoardo. Gostaria de vê-la apenas uma vez e saiba que eu já teria partido. Você também me apressa cada vez mais! – Mas teria partido se tivesse podido banhar de lágrimas uma vez a mão dela. Grande silêncio em toda aquela família! Subindo as escadas temo encontrar Odoardo; falando comigo, nunca menciona Teresa. E também é pouco discreto! Sempre, mesmo há pouco, ele me interroga quando e como partirei. Afastei-me repentinamente dele – porque de fato me parecia que ele zombava; e eu fugi tremendo.

Volta a me assustar aquela terrível verdade que eu já desvelava com horror – e que me habituei depois a meditar com resignação: *Todos somos inimigos.* Se você pudesse criticar fortemente os pensamentos de qualquer um que esteja diante de você, veria que ele gira em círculo uma espada para distanciar todos do próprio bem e para roubar o dos outros. Lorenzo; começo a vacilar novamente. Mas convém preparar-se. E deixá-los em paz.

 P.S.: Volto daquela mulher decrépita sobre a qual me parece ter lhe falado uma vez. A desconsolada ainda vive! Sozinha, frequentemente abandonada por inteiros dias por todos que se cansam de ajudá-la, vive ainda, mas todos os seus sentidos estão há vários meses no horror e na batalha da morte.

*Seguem dois fragmentos escritos talvez naquela noite; parecem os últimos.*

"Rasguemos a máscara daquele espectro que quer nos aterrorizar. Vi as crianças se horrorizarem e se esconderem diante do aspecto deformado das suas amas de leite. Ó Morte! Eu olho para você e a interrogo – não as coisas, mas as suas aparências nos turbam: infinitos os homens que não se arriscam a chamá-la, mas afrontam-na não menos intrepidamente! Você também é elemento necessário da Natureza – para mim hoje todo o seu horror desaparece, e você me parece semelhante ao sono da noite, à quietude das obras.

Eis as encostas daquele estéril penhasco que esconde os vales lá embaixo do raio fecundador do ano. Por que estou aqui? Se devo cooperar para a felicidade dos outros, eu, do contrário, a turvo: se devo consumir a parte de calamidade atribuída a cada homem, em vinte e quatro anos já esvaziei o cálice que teria me bastado para uma vida muito longa. E a esperança? O que importa? Conheço o futuro para confiar a ele os meus dias? Ai, é de fato essa ignorância fatal que acaricia as nossas paixões e alimenta a infelicidade humana.

O tempo voa; e com o tempo perdi na dor aquela parte de vida que dois meses atrás se iludia no conforto. Essa velha chaga já se tornou natureza: eu a sinto no meu coração, no meu cérebro, e, em toda parte de mim, goteja sangue e se lamenta como se estivesse acabado de se abrir. – Agora basta, Teresa, basta: não lhe parece ver em mim um enfermo, arrastando-se a passos lentos para a tumba entre o desespero e os tormentos, que não sabe impedir com um único golpe os suplícios do seu destino inevitável?"

"Toco levemente a ponta deste punhal: eu o aperto e sorrio, aqui, no meio deste coração palpitante – e tudo estará acabado. Mas esse ferro está sempre diante de mim! – Quem, quem ousa amá-la, ó Teresa? Quem ousou roubá-la? Fuja de mim, então, não se aproxime de mim, Odoardo!

Ó! Esfrego as mãos para lavar a mancha do seu sangue – cheiro-as como se exalassem delito. Ao mesmo tempo, estão imaculadas e em tempo de me afastar de uma vez do perigo de viver um dia a mais – um dia apenas, um momento – infeliz! E teria vivido demais."

*20 de março, à noite*

Eu me sentia forte: mas esse foi o último golpe que quase prostrou a minha firmeza! Contudo, o que foi decretado está decretado. Mas você, meu Deus, que contempla o profundo, você vê que esse é um sacrifício mais do que de sangue.

Ela estava, ó Lorenzo, com a irmãzinha e parecia querer evitar-me, mas depois se sentou e colocou Isabellina no colo, arrependida. Teresa – disse-lhe, aproximando-me e tomando-lhe a mão: – olhou-me novamente, e a menina, colocando o braço no pescoço de Teresa, levantando o rosto dizia a ela sussurrando: Jacopo não me ama mais. E eu escutei – Se eu a amo? E abaixando-me e abraçando-a – Amo você, eu dizia a ela, amo você afetuosamente, mas você não vai me ver outra vez. Ó meu irmão! Teresa me contemplava aterrorizada, apertava Isabellina e também mantinha os olhos na minha direção: – Você nos deixará, disse-me, e esta menininha será companheira dos meus dias e alívio das minhas dores; eu lhe falarei sempre do seu amigo, do meu amigo, e a ensinarei a chorar e a abençoá-lo. – A essas últimas palavras, a alma dela me parecia restaurada por alguma esperança, e as lágrimas choviam dos seus olhos; e eu lhe escrevo com as mãos ainda quentes pelo seu pranto. – Adeus, acrescentou, adeus, mas não eternamente; diga? Não eternamente? Eis aqui cumprida a minha promessa – e tirou do peito o seu retrato –, eis aqui cumprida a minha promessa; adeus, vá, fuja e leve consigo a memória desta desafortunada. Está banhado pelas minhas lágrimas e pelas lágrimas de minha mãe. – E com suas mãos o pendurava no meu pescoço e o escondia dentro do meu peito. Eu abri os braços e a apertei junto ao coração, e seus suspiros confortavam os meus lábios ardentes e a minha boca, mas uma palidez de morte se espalhou por seu rosto, enquanto me repelia, tocando a sua mão a senti fria, tremente, e com a voz abafada e débil me disse: – Tenha piedade! Adeus! – E abandonou-se sobre o sofá, apertando Isabellina junto a si o quanto podia, e ela chorava conosco. Entrava seu pai, e o nosso mísero estado envenenou seus remorsos.

*Retornou naquela noite tão consternado que Michel suspeitou de algum grave acontecimento. Retomou a análise dos seus papéis e muitos deles queimou sem ler. Antes da Revolução, tinha escrito um comentário sobre o governo Vêneto em um estilo antiquado, absoluto, com aquela frase de Lucano como epígrafe:* Jusque datum sceleri – *direito dado ao crime. Uma noite do ano anterior tinha lido para Teresa a História de Lauretta; e Teresa me disse depois que aqueles pensamentos desconexos, que ele me enviou com a carta de 29 de abril, não eram o início de tudo, mas estavam espalhados dentro daquele opúsculo que ele tinha terminado, contando em detalhe os casos de Lauretta, e os tinha escrito com estilo menos passional. Não perdoou nem a esses nem a qualquer outro escrito. Lia pouquíssimos livros, pensava muito, do fervente tumulto do mundo fugia de repente para a solidão e, portanto, escrevia por necessidade de desabafar. Mas a mim não resta senão um seu* Plutarco *repleto de anotações com vários cadernos entrepostos com alguns discursos, um muito longo sobre a morte de Nícias, e um* Tácito Bodoniano, *com muitas passagens, entre elas o segundo livro completo dos anais e grande parte do segundo das histórias, traduzidas por ele com grande cuidado e com uma letra muito miúda pacientemente recopiada nas margens. Selecionei os fragmentos citados das folhas rasgadas que ele tinha, sem nenhuma estima, jogado debaixo de sua mesinha; e aos quais atribuí datas prováveis. Mas o trecho seguinte, não sei se seu ou de outros quanto às ideias, mas certamente com um estilo todo seu, tinha sido por ele escrito no rodapé do livro das* Máximas de Marco Aurélio, *com a data de 3 de março de 1794 – e depois o encontrei recopiado no rodapé do exemplar de* Tácito Bodoniano *com a data de 1 de janeiro de 1797 – e junto a esta, a data de 20 de março de 1799, cinco dias antes de sua morte. Aqui está ele:*

"Eu não sei nem por que vim ao mundo, nem como, nem o que é o mundo, nem o que eu mesmo sou para mim. E se eu corro para investigá-lo, retorno confuso por uma ignorância cada vez mais assustadora. Não sei o que são o meu corpo, os meus sentidos, a alma minha, e essa mesma parte de mim que pensa naquilo que escrevo e que medita sobre tudo e sobre si mesma não pode se conhecer jamais. Em vão tento medir com a mente estes imensos espaços do universo que me circundam. Encontro-me como que ligado a um pequeno canto de um espaço incompreensível, sem saber por que estou aqui em vez de em outro lugar; ou por que este breve tempo da minha existência foi destinado a este momento da eternidade e não a todos os que o precederam e que o seguirão. Eu não vejo por todos os lados senão infinidades que me absorvem como um átomo."

*Depois que repassou todas as suas folhas naquela noite de 20 de março, chamou o horticultor e Michel para que se livrassem delas. Então os mandou dormir. Parece que ele não dormiu a noite inteira; porque então escreveu a carta precedente e ao amanhecer foi acordar o rapaz, pedindo-lhe que providenciasse um mensageiro para Veneza. Depois se deitou completamente vestido sobre a cama, mas por poucas horas, pois um camponês me disse que o encontrou às oito horas daquela manhã na estrada de Arquá. Antes do meio-dia, tinha voltado para seus aposentos. Neles entrou Michel para dizer que o mensageiro estava pronto: e o encontrou sentado, imóvel, como que sepultado em tristíssimas preocupações. Levantou-se, colocou-se junto ao limiar de uma janela; e ficando em pé escreveu na mesma carta, com letra quase ilegível:*

Vou de qualquer maneira – se pudesse escrever a ela – e queria escrever: mesmo que lhe escrevesse, não teria mais coragem para ir. Você lhe dirá que vou, que ela verá o seu filho – nada mais –, nada mais: não estraça-lhe ainda mais o coração dela, teria muito a lhe pedir sobre o modo de você se comportar para o futuro com ela e consolá-la. Mas os meus lábios estão ardentes; o peito sufocado; uma amargura, um estreitamento – se pudesse pelo menos suspirar! De verdade; um aperto na garganta, uma mão que me sufoca e me oprime o coração. Lorenzo, que mais posso lhe dizer? Sou homem – Deus meu, Deus meu, concedei-me também por hoje o alívio do pranto.

*Selou a folha e a entregou sem qualquer assinatura. Olhou o céu por um bom tempo, depois se sentou e, cruzando os braços sobre a escrivaninha, pousou neles a testa: várias vezes o servo lhe perguntou se queria algo, ele, sem se virar, acenou com a cabeça negativamente. Naquele dia começou a seguinte carta para Teresa.*

### Quarta-feira, cinco horas

Resigne-se aos decretos do Céu e encontrará alguma felicidade na paz doméstica e na concórdia com o marido que o destino lhe reservou. Você tem um pai generoso e infeliz: deve uni-lo novamente à sua mãe que, solitária e chorosa, talvez chame apenas por você. Você deve sua vida à própria fama. Eu só – eu só morrendo encontrarei a paz e a deixarei em sua casa, mas você, pobre infeliz!

Já são muitos dias em que eu começo a lhe escrever e não posso continuar! Ó Deus Todo-Poderoso, vejo que você não me abandona na hora suprema, e essa constância é o maior dos seus benefícios. Morrerei quando tiver recebido a bênção da minha mãe e os últimos abraços do meu amigo. Por intermédio dele, seu pai terá as suas cartas e você também lhe dará as minhas: serão testemunhas da santidade do nosso amor. Não, cara jovem, não é você a causa da minha morte. Todas as minhas paixões desesperadas;

as desventuras das pessoas mais necessárias à minha vida, os delitos humanos, a segurança da minha perpétua escravidão e do opróbrio perpétuo da minha pátria vendida – tudo, em suma, há muito tempo estava escrito; e você, mulher angelical, poderia apenas abrandar o meu destino, mas não o aplacar, oh! Jamais. Vi apenas em você o alívio de todos os meus males e ousei iludir-me: já que, por uma força irresistível, você me amou, meu coração acreditou que você era dele; você me amou e você me ama. Agora que eu a perco, chamo a ajuda da morte. Rogue a seu pai para que não se esqueça de mim; não para que ele se aflija, mas para mitigar com a compaixão dele a sua dor e se lembrar para sempre de que tem outra filha.

Mas você não, verdadeira amiga deste infeliz, você nunca terá coragem de me esquecer. Releia sempre estas minhas últimas palavras que eu lhe escrevo com o sangue do meu coração. A minha memória talvez a preserve das desgraças do vício. A sua beleza, a sua juventude, o esplendor da sua sorte incitarão os outros, incitarão você a contaminar aquela inocência à qual sacrificou a sua primeira e cara paixão e que mesmo nos seus martírios lhe foi sempre o único conforto. Muito do que existe de ilusório no mundo conspira à sua ruína; a roubar-lhe a estima; e a confundi-la entre o batalhão de tantas outras mulheres, as quais, depois de renegarem o pudor, fazem comércio do amor e da amizade e ostentam como triunfos as vítimas de sua perfídia. Você não, minha Teresa: a sua virtude resplandece no seu rosto celeste e eu a respeitei; você sabe que eu amei você, adorando-a como coisa sagrada. Ó divina imagem da amiga minha! Ó último dom precioso que eu contemplo, que me infunde mais vigor e me narra toda a história dos nossos amores! Você estava fazendo este retrato no primeiro dia que eu a vi; repassam um a um diante de mim todos aqueles dias que foram os mais penosos e os mais preciosos da minha vida. E você consagrou este retrato unindo-o, banhado pelo seu pranto, ao meu peito – e assim unido ao meu peito virá comigo para o túmulo. Lembra-se, ó Teresa, das lágrimas com as quais o recebi? Oh! Eu volto a derramá-las, e elas elevam a minha triste alma. Se alguma vida resta após o último suspiro, sempre a reservarei unicamente a você, e o meu amor viverá imortal comigo. Ouça, enquanto isso, um extremo, único, sacrossanto pedido; e imploro a você pelo nosso infeliz amor, pelas lágrimas que derramamos, pela devoção que você sente em relação aos seus pais, aos quais também se sacrificou como vítima voluntária: – não deixe sem consolação a minha pobre mãe, que talvez venha chorar por mim junto com você nesta solidão onde buscará abrigo das tempestades da vida. Só você é digna de ter pena dela e de consolá-la. Quem mais lhe restará se você a abandonar? Na sua dor, em todas as suas desventuras, nas enfermidades da sua velhice, lembre-se sempre de que ela é minha mãe.

*Ao soar da meia-noite, partiu de repente para a estalagem das colinas Eugâneas e, chegando à marina às oito da manhã, fez-se levar por uma gôndola para Veneza até sua casa. Quando o alcancei, encontrei-o adormecido sobre um sofá, com um sono tranquilo. Ao acordar, pediu-me que eu apressasse alguns de seus negócios e saldasse uma dívida sua para com certo livreiro.* Não posso, *disse ele,* ficar aqui além de hoje.

*Ainda que tivesse quase dois anos que eu não o via, a sua fisionomia não me pareceu tão alterada quanto eu esperava; mas depois me dei conta de que caminhava lento e se arrastava; a sua voz, antes pronta e masculina, saía com esforço e do fundo do peito. Apesar disso, esforçava-se para conversar e, respondendo à sua mãe sobre a viagem, sorria com frequência um sorriso triste, todo seu; mas tinha um ar circunspecto, insólito. Ao dizer-lhe que alguns de seus amigos viriam naquele dia para cumprimentá-lo, respondeu que não queria rever alma nascida; desceu ele mesmo até a porta para avisar que não receberia visitas. E subindo novamente me disse:* Muitas vezes pensei em não trazer nem a você nem à minha mãe tanta dor; mas eu tinha mesmo obrigação e também necessidade de revê-los. Isso, acredite, é a prova mais forte da minha coragem.

*Poucas horas antes do anoitecer, levantou-se como para partir, mas não lhe sofria o coração ao dizê-lo. Sua mãe aproximou-se dele e, levantando-se da cadeira, foi ao seu encontro com os braços abertos, o olhar resignado, e disse-lhe:* Então você resolveu, meu filho querido?

Sim, sim, *respondeu-lhe, abraçando-a e segurando com dificuldade as lágrimas.*

Quem sabe se poderei vê-lo novamente? Eu já estou velha e cansada.

Veremo-nos novamente, talvez, minha querida mãe, console-se, nós nos veremos novamente, para nunca mais nos deixarmos; mas agora Lorenzo pode testemunhar isso.

*Ela se voltou amedrontada para mim e eu,* Infelizmente! – *lhe disse. E contei a ela como as perseguições voltavam a tornar cruel a guerra iminente e que o perigo pairava também sobre mim, especialmente depois daquelas cartas que nos foram interceptadas (e não eram falsas suspeitas; porque depois de poucos meses fui obrigado a abandonar a minha pátria). E ela então exclamou:* Viva, meu filho, mesmo distante de mim. Depois da morte do seu pai, nunca tive uma hora de bem, esperava consolar com você a minha velhice! Mas seja feita a vontade do Senhor. Viva! Eu escolho chorar sem você, em vez de vê-lo preso ou morto. *Os soluços lhe sufocavam a palavra.*

*Jacopo lhe apertou a mão e olhou para ela como se quisesse confiar-lhe um segredo; mas logo se recompôs e pediu a sua bênção.*

*E ela, levantando as palmas:* Abençoo você; abençoo você, e que Deus Onipotente também queira abençoar você.

*Aproximando-se da escada, abraçaram-se. Aquela mulher desconsolada apoiou a cabeça no peito do filho.*

*Desceram, e fui com eles; a mãe, quando alcançaram a porta da casa e viram o espaço aberto, levantou os olhos e manteve-os fixos no céu por dois ou três minutos; parecia que rezava mentalmente com todo o fervor da alma e que aquele ato lhe restaurara a primeira resignação. Sem derramar mais lágrimas, abençoou novamente com voz firme o filho; e ele lhe beijou novamente a mão e o rosto.*

*Eu estava chorando; depois de ter me abraçado, prometeu me escrever e apressou o passo, dizendo-me:* Junto à minha mãe, você se lembrará santamente da nossa amizade. *E voltando-se novamente para a mãe, olhou para ela por um tempo sem dizer uma palavra e partiu. Ao chegar ao final da estrada, virou-se, acenou para nós e fitou-nos tristemente, como se quisesse nos dizer que aquele era o último olhar.*

*A pobre mãe permaneceu na porta quase esperando que ele voltasse para cumprimentá-la novamente. Mas tirando os olhos lacrimosos do lugar de onde ele tinha desaparecido, apoiou-se no meu braço e subiu, dizendo-me:* Caro Lorenzo, o coração me diz que nunca mais o veremos.

*Um velho sacerdote de assídua familiaridade na casa de Ortis, que tinha sido seu professor de grego, veio naquela noite e nos contou que Jacopo tinha ido à igreja onde Lauretta fora enterrada. Encontrando-a fechada, queria que o sineiro a abrisse a qualquer custo e presenteou um rapazinho da vizinhança para que fosse procurar o sacristão que tinha as chaves. Sentou-se, esperando, sobre uma pedra no pátio. Depois se levantou e se apoiou com a cabeça na porta da igreja. Era quase noite quando, percebendo pessoas no pátio, sem mais esperar, desapareceu. O velho sacerdote tinha tomado conhecimento dessas coisas pelo sineiro. Eu soube, alguns dias depois, que no calar da noite Jacopo fora visitar a mãe de Lauretta. Estava, ela me disse,* muito triste, não me falou da minha pobre filha, nem eu a nomeei para não afligi-lo ainda mais. Descendo as escadas, disse-me: Vá, quando puder, consolar minha mãe.

*Enquanto isso, naquela noite, a mãe dele foi aterrorizada pelo mais terrível pressentimento. Eu, no outono passado, encontrando-me nas colinas Eugâneas, tinha lido na casa do senhor T\*\*\* parte de uma carta na qual Jacopo dirigia todos os pensamentos à sua solidão paterna.*[25] *E então Teresa representou em luz e sombra a perspectiva do pequeno lago das cinco fontes e indicou sobre* o declive de um monte o seu amigo, que, estendido sobre a grama, contemplava o pôr do Sol. Pediu a seu pai algum verso para escrever, e ele lhe sugeriu estes de Dante:

A liberdade almeja, que é tão cara.²⁶

*Mandou depois, de presente, o pequeno quadro à mãe de Jacopo, rogando-lhe que jamais dissesse a ele de onde vinha; de fato, ele não soube, mas aquele dia que ele foi para Veneza se deu conta do pequeno quadro pendurado e de quem o tinha feito; não disse uma palavra sobre isso; mas, ficando sozinho no quarto, retirou o vidro e abaixo do verso:*

A liberdade almeja, que é tão cara

*Escreveu o outro que vem depois:*

Sabe-o bem quem por ela a vida rejeita.²⁷

*E entre o vidro e a moldura interna, encontrou uma longa trança de cabelos que Teresa, alguns dias antes do seu casamento, cortara sem que ninguém soubesse e depositara na moldura de modo que não fosse vista. Ortis, quando viu aqueles cabelos, juntou uma mecha dos seus e os amarrou com uma fita preta que trazia presa ao relógio; e recolocou o pequeno quadro no lugar. Pou-*

cas horas depois, sua mãe viu o verso com o acréscimo e se deu conta também da trança, da mecha e do nó preto que ele talvez, imprudentemente ou por pressa, não tinha podido esconder bem. No dia seguinte me falou sobre isso; e eu vi como esse incidente lhe tinha prostrado a coragem com a qual antes ela tinha resistido à partida do filho.

Para acalmá-la, decidi acompanhá-lo até Ancona e prometi que lhe escreveria todos os dias. Ele, nesse tempo, voltava para Pádua e apeou na casa do Professor C\*\*\*, onde descansou o resto da noite. De manhã, despedindo-se, foram-lhe exibidas, pelo professor, cartas para alguns senhores das ilhas então Vênetas, os quais tinham sido seus discípulos tempos atrás. Jacopo nem as aceitou nem as rejeitou. Voltou a pé para as colinas Eugâneas e recomeçou a escrever.

### Sexta-feira, uma hora

E você, Lorenzo meu – leal e único amigo – perdoe-me. Não lhe peço que proteja minha mãe; bem sei que terá em você outro filho. Ó mãe minha! Mas você não terá mais o filho sobre o peito de quem esperava descansar a sua cabeça branca, nem poderá reaquecer estes lábios moribundos com os seus beijos, e talvez você até me siga! Eu vacilava, ó Lorenzo. Agora esta é a recompensa depois de vinte e quatro anos de esperanças e de cuidados? Que assim seja! Deus, que tem tudo planejado, não a abandonará – nem você! Ah, enquanto eu não desejava nada além de um amigo fiel, eu vivia feliz. Que os céus lhe retribuam! Você não esperava que eu lhe pagasse com lágrimas. Infelizmente lhe pagarei com lágrimas mesmo assim! Agora, não pronuncie sobre as minhas cinzas a cruel blasfêmia: *Quem quer morrer não ama ninguém* – O que não tentei além dos meus limites? O que não fiz? O que eu não disse a Deus? Ah, a minha vida, infelizmente, está toda nas minhas paixões; e se não pudesse destruí-las comigo – oh, a que angústias, a que tormentos, a quantos perigos, a quais furores, a que deplorável cegueira, a que delitos não me arrastariam à força! Um dia, ó Lorenzo, antes que eu decretasse a minha morte, eu estava de joelhos implorando ao Céu piedade, e as minhas lágrimas choviam abundantes. De repente, naquele momento elas secaram, e o meu coração se enfureceu, e você diria que justamente do Céu tinha sido mandado um delírio para me acometer. Levantei-me e escrevi à jovem infeliz que eu estava indo esperar por ela em outro mundo e que não tardasse a se juntar a mim, e a instruía sobre como e sobre quando e a hora. Mas depois, talvez, não a compaixão, não a vergonha, nem o remorso, nem Deus, mas sim a ideia de que não é mais a virgem de dois meses atrás e que é uma mulher contaminada pelos braços de outro, começou a me fazer arrepender de tão atroz projeto. Veja como a minha vida seria para vocês todos mais dolorosa do que a minha morte e infame talvez para todos vocês. Em vez disso, se me separo para sempre de Teresa digno dela, minha memória certamente conservará seu coração digno de mim. Embora serva de outro, poderá pelo menos ter esperança – esperança talvez muito vã – de que um dia sua alma será livre para se unir para sempre à minha. Mas adeus. Estas folhas as darás todas a seu pai. Reúna os meus livros e conserve-os em memória do seu Jacopo. Receba Michel, a quem deixo o meu relógio, estes meus poucos pertences e o dinheiro que você encontrará na gavetinha da minha escrivaninha. Venha abri-la só você: há uma carta para Teresa; peço-lhe que a entregue em mãos você mesmo. Adeus, adeus.

*Continuou a carta para Teresa.*

Volto para você, minha Teresa. Se enquanto eu vivia escutar-me era uma culpa para você, ouça-me pelo menos nestas poucas horas que me separam da morte; eu as reservei todas somente para você. Você receberá esta carta quando eu estiver enterrado; e naquela hora todos talvez comecem a me esquecer, até que ninguém mais se lembre do meu nome – escute-me como uma voz que vem do túmulo. Você chorará pelos meus dias desaparecidos como uma visão noturna; chorará pelo nosso amor que foi inútil e triste como as velas que iluminam os caixões dos mortos. Oh, sim, minha Teresa; também as minhas penas deverão um dia terminar; e que a minha mão não trema no armar-se do ferro libertador, porque abandono a vida enquanto você me ama, enquanto sou ainda digno de você e digno do seu pranto, e eu posso me sacrificar apenas a mim mesmo e à sua virtude. Não, então não será culpa sua amar-me; e eu pretendo o seu amor; peço isso na vigência das minhas desventuras, do meu amor e do meu tremendo sacrifício. Ah, se você um dia passasse sem lançar um olhar sobre a terra que cobrirá este jovem desconsolado – miserável de mim! Eu terei deixado atrás de mim o eterno esquecimento, também no seu coração!

Você acredita que eu vou partir. Eu? Eu a deixarei em novos conflitos consigo mesma e em contínuo desespero? E enquanto você me ama e eu a amo e sinto que a amarei eternamente; eu a deixarei pela esperança de que a nossa paixão se extinga antes dos nossos dias? Não, apenas a morte, a morte. Cavo há muito tempo a minha cova e me habituo a olhá-la dia e noite e a medi-la friamente. Apenas nestes extremos a natureza recua e grita; mas eu perco você e morrerei. Você mesma, você me fugia; as lágrimas nos disputavam. E você não se dava conta de que na minha terrível tranquilidade eu queria de você as últimas despedidas e que eu lhe pedia o eterno adeus?

Se o Pai dos homens me chamar para prestar contas, eu lhe mostrarei as minhas mãos puras de sangue e o meu coração puro de delitos. Direi: não roubei o pão dos órfãos e das viúvas; não persegui o infeliz; não traí; não abandonei o amigo; não perturbei a felicidade dos amantes nem contaminei a inocência; não tornei inimigos os irmãos nem prostrei a minha alma às riquezas. Reparti meu pão com o indigente; confundi minhas lágrimas com as lágrimas do aflito, sempre chorei pelas misérias da humanidade. Se você me concedesse uma pátria, eu teria gastado o meu talento e o meu sangue todo por ela; e apesar de tudo a minha voz fraca gritou corajosamente a verdade. Quase corrompido pelo mundo, depois de experimentar todos os seus vícios – mas não! Os seus vícios por breves instantes talvez tenham me contaminado, mas jamais me venceram – procurei virtude na solidão. Eu amei! Você mesma, você me apresentou a felicidade; você a enfeitou com os raios da sua infinita luz; criou em mim um coração capaz de sentir essa luz e de amá-la, mas depois de mil esperanças perdi tudo e, inútil aos outros e prejudicial a mim, libertei-me da certeza de uma miséria perpétua. Pai, você se alegra com os lamentos da humanidade? Pretende que eu suporte misérias mais potentes do que suas forças? Ou talvez você tenha concedido aos mortais o poder de cortar seus males para depois negligenciar o seu dom, arrastando-se, preguiçoso, entre o pranto e as culpas? E sinto em mim mesmo que para os males extremos não resta nada além da culpa ou da morte. – Console-se, Teresa; aquele Deus a quem você recorre com tanta piedade, se ele digna algum cuidado à vida e à morte de uma humilde criatura, não retirará o seu olhar nem mesmo de mim. Sabe que eu não posso resistir mais; e viu as batalhas que enfrentei antes de chegar à resolução fatal; ouviu com quantas orações lhe supliquei que afastasse de mim esse cálice amargo. Adeus, portanto – adeus ao universo! Ó amiga minha! A fonte das lágrimas é em mim então inesgotável? Eu volto a chorar e a tremer, mas, por pouco, tudo em breve será aniquilado. Ai! Minhas paixões vivem, ardem e me possuem ainda; e quando a noite eterna roubar o mundo a estes olhos, então sozinho enterrarei comigo os meus desejos e o meu pranto. Mas meus olhos marejados ainda procuram você antes de se fecharem para sempre. E a verei, eu a verei pela última vez, deixarei a você o último adeus e tomarei as suas lágrimas, único fruto de tanto amor!

*Eu chegava às cinco horas de Veneza e o encontrei a poucos passos fora da sua porta, enquanto ele estava justa-*

*mente se preparando para dizer adeus a Teresa. Minha chegada imprevista o consternou; e muito mais o meu propósito de acompanhá-lo até Ancona. Agradecia-me afetuosamente por isso e tentou de todos os modos me persuadir, mas, vendo que eu persistia, calou-se e me pediu para ir com ele até a casa de T\*\*\*. Ao longo do caminho não falou, caminhava lentamente e tinha no rosto uma tristíssima segurança: ah, devia eu também perceber que naquele momento ele revirava na alma os supremos pensamentos! Entramos pelo portão do jardim; e ele, fazendo uma pausa, levantou os olhos para o céu e, depois de algum tempo, exclamou, me olhando:* Parece-lhe também que hoje a luz está mais bela do que nunca?

*Aproximando-se dos aposentos de Teresa, ouvi a voz dela:* Mas o seu coração não se pode mudar. *Não sei se Jacopo, que estava atrás de mim um ou dois passos, ouviu essas palavras; não falou disso. Nós ali encontramos o marido que passeava e o pai de Teresa sentado no fundo da sala junto a uma mesinha com a testa sobre a palma da mão. Ficamos um bom tempo todos mudos. Jacopo disse finalmente:* Amanhã de manhã não estarei mais aqui *– e erguendo-se, aproximou-se de Teresa e lhe beijou a mão, eu vi as lágrimas nos olhos dela; e Jacopo segurando-a ainda pela mão lhe pedia que mandasse chamar Isabellina. Os gritos e o choro daquela menininha foram tão repentinos e inconsoláveis que nenhum de nós pôde conter as lágrimas. Assim que ela ouviu que ele partia, agarrou-se ao pescoço dele e soluçando lhe repetia:*

Ó meu Jacopo, por que me deixa? Ó meu Jacopo, volte logo: *Não podendo resistir a tanta piedade, ele colocou Isabellina nos braços de Teresa, que não proferiu uma única palavra* – Adeus, *ele lhes disse,* adeus – *e saiu. O senhor T\*\*\* o acompanhou até o limiar da casa, abraçou-o várias vezes e o beijou gemendo. Odoardo, que estava ao seu lado, apertou sua mão, desejando-nos boa viagem.*

*Já era noite e, logo que chegamos a casa, ele ordenou a Michel que preparasse o baú e suplicou-me com insistência que eu voltasse a Pádua a fim de pegar as cartas que lhe tinham sido mostradas pelo professor C\*\*\*. E parti nesse momento.*

*Então, sobre a carta que de manhã tinha preparado para mim, acrescentou este proscrito:*

Uma vez que não pude poupá-lo do pesar de me prestar os supremos ofícios – e já tinha resolvido, antes que você viesse, escrever ao padre sobre isso –, acrescentei também esta última piedade aos seus tantos benefícios. Faça com que eu seja sepultado em um local abandonado como aquele em que serei encontrado, à noite, sem exéquias, sem lápide, sob os pinheiros da colina voltada para a igreja. Que o retrato de Teresa seja enterrado com meu cadáver.

25 de março de 1799

Seu amigo
JACOPO ORTIS.

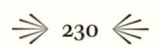

*Saiu novamente: estava às onze horas aos pés de um monte duas milhas distante da sua casa, bateu à porta de um agricultor, acordou-o pedindo-lhe água e bebeu bastante.*

*Ao voltar para casa depois da meia-noite, saiu logo do quarto e entregou ao empregado uma carta selada para mim, pedindo-lhe que a entregasse a mim somente. E apertando a mão dele:* Adeus, Michel! Ame-me! *e o admirava afetuosamente. Depois, deixando-o de uma vez, entrou novamente, fechando a porta. Continuou a carta para Teresa.*

### Uma hora

Visitei as minhas montanhas e o lago das cinco fontes, saudei para sempre as selvas, os campos, o céu. Ó, minhas solidões! Ó, córrego, que me indicou pela primeira vez a casa daquela menina celestial! Quantas vezes espalhei as flores sobre a água que passava sob as janelas dela! Quantas vezes passeei com Teresa pelas suas margens, enquanto eu, embriagando-me no prazer de adorá-la, esvaziava a grandes goles o cálice da morte.

Sagrada amoreira! Também a adorei; também lhe deixei os últimos lamentos e os últimos agradecimentos. Prostrei-me, ó minha Teresa, junto àquele tronco; e aquela grama há pouco bebeu as mais doces lágrimas que eu jamais derramei; parecia-me ainda quente da marca deixada pelo seu corpo divino; parecia-me ainda perfumada. Bendita noite! Como você está gravada no meu peito! Eu estava sentado ao seu lado, ó Teresa, e o raio da lua penetrando entre os ramos iluminava o seu rosto angelical! Eu vi escorrer uma lágrima sobre a sua face e a bebi, os nossos lábios e as nossas respirações se confundiram, e minha alma se transfundiu no seu peito. Era a noite de 13 de maio, era quinta-feira. Desde então não passou um momento em que eu não tenha me confortado pela lembrança daquela noite: considerei-me uma pessoa sagrada, e não dignei mais um olhar a mulher alguma, acreditando-a indigna de mim – de mim que senti toda a bem-aventurança de um beijo seu.

Amei-a então, amei-a e ainda a amo de um amor que não se pode conceber a não ser por mim mesmo. É pouco o preço, ó meu anjo, da morte, para quem pôde ouvir que você o ama e sentir escorrer em toda a alma a volúpia do seu beijo e chorar com você – eu estou com o pé na cova, mas você também neste grave momento retorna, como costuma, diante destes olhos que morrendo se fixam em você, em você que, sagrada, resplandece em toda a sua beleza. E daqui a pouco! Tudo está preparado; a noite já está bem avançada – adeus –, em breve estaremos separados pelo nada ou pela incompreensível eternidade. No nada? Sim.

Sim, sim; porque estarei sem você, suplico a Deus Todo-Poderoso que nos reserve algum lugar onde eu possa me reunir com você para sempre, peço-lhe do fundo da minha alma, e nesta terrível hora da morte, para que ele me abandone somente no nada. Mas eu morro incontaminado, dono de mim mesmo, repleto de você e certo do seu pranto! Perdoe-me, Teresa, se algum dia – ah, console-se, e viva para a felicidade dos nossos miseráveis pais; a sua morte amaldiçoaria as minhas cinzas.

E se alguém ousar culpá-la pelo meu infeliz destino, confunda-o com este meu juramento solene que eu pronuncio lançando-me na noite da morte: Teresa é inocente. – Agora, receba você a minha alma.

*O criado, que dormia no quarto ao lado dos aposentos de Jacopo, foi sacudido como por um longo gemido e estendeu o ouvido para averiguar se ele o chamava; abriu a janela suspeitando que eu tivesse gritado na porta, pois estava avisado que eu voltaria ao romper do dia; mas, certificando-se de que tudo estava tranquilo e a noite ainda alta, voltou a se deitar e adormeceu. Disse-me depois que aquele gemido tinha assustado, mas que não prestou mais atenção porque seu patrão costumava às vezes delirar no sono.*

*De manhã, depois de ter batido e chamado por um tempo à porta, Michel arrancou o trinco e, não ouvin-*

*do resposta no primeiro cômodo, foi entrando, perplexo; ao clarão da lamparina que ainda queimava, viu Jacopo agonizante no próprio sangue. Escancarou as janelas chamando as pessoas e, como ninguém acudia, apressou-se até a casa do cirurgião, mas não o encontrou porque ele assistia um moribundo; correu ao padre e também ele estava fora pelo mesmo motivo. Entrou ofegante no jardim da casa de T\*\*\*, quando Teresa descia para sair de casa com o marido, que justamente lhe dizia que soubera que naquela noite Jacopo não havia partido. Ela esperou poder dizer a ele adeus outra vez. Avistando o servo de longe, virou o rosto em direção ao portão de onde Jacopo costumava sempre vir e com uma mão retirou o véu que lhe caía sobre a testa e olhou de novo atentamente, forçada pela dolorosa impaciência de confirmar se ele também vinha. Michel se aproximou dela pedindo ajuda, porque seu patrão tinha se ferido, mas não lhe parecia ainda morto. Ela o escutava imóvel com as pupilas sempre cravadas na direção do portão; depois, sem uma palavra ou lágrima, caiu desmaiada nos braços de Odoardo.*

*O senhor T\*\*\* correu, esperando salvar a vida de seu infeliz amigo. Encontrou-o deitado em um sofá com quase todo o rosto escondido entre as almofadas: imóvel, exceto quando de tempos em tempos ofegava. Tinha cravado em si mesmo um punhal debaixo do mamilo esquerdo, mas o retirara da ferida, e o punhal caíra ao* *chão. Seu terno preto e o lenço de pescoço estavam jogados sobre uma cadeira próxima. Ele vestia colete, calças compridas e botas, e cingido por uma faixa de seda muito larga, da qual uma ponta pendia ensanguentada, porque, morrendo, talvez tenha tentado desvencilhá-la do corpo. O senhor T\*\*\* levantou ligeiramente do seu peito a camisa, que, toda encharcada de sangue, tinha se colado à ferida. Jacopo sentiu a dor e levantou o rosto para ele; e revendo-o com os olhos que nadavam na morte, estendeu um braço como para impedi-lo e tentou com o outro apertar-lhe a mão – mas caindo novamente com a cabeça sobre as almofadas, levantou os olhos para o céu e expirou.*

*A ferida era muito grande e profunda, e embora não tenha atingido seu coração, ele apressou a morte deixando escorrer o sangue que saía em rios pela sala. Pendia-lhe ao pescoço o retrato de Teresa todo escuro de sangue, embora estivesse limpo em um bom pedaço no meio; e os lábios ensanguentados de Jacopo faziam supor que ele, na agonia, beijara a imagem da sua amiga. Estava sobre a escrivaninha a Bíblia fechada e sobre ela o relógio e várias folhas brancas; numa das quais estava escrito:* Minha querida mãe, *e de poucas linhas riscadas, apenas se podia notar,* expiação, *e mais abaixo,* de pranto eterno. *Em outra folha, lia-se apenas o endereço de sua mãe, como se arrependido da primeira carta tivesse começado outra que não teve coragem de continuar.*

*Assim que cheguei de Pádua, onde tinha demorado mais do que pretendia, fui dominado pela multidão de camponeses que se aglomeravam mudos sob os pórticos do pátio; outros me olhavam atônitos, e alguns me imploravam que eu não subisse. Eu fui pulando e tremendo até a sala, e vi o pai de Teresa jogado desesperadamente sobre o cadáver e Michel ajoelhado com o rosto voltado para o chão. Não sei como tive força para me aproximar e colocar nele a mão sobre o coração, junto à ferida; estava morto, frio. Faltava-me o pranto e a voz; e eu olhei estupidamente aquele sangue, até que o padre chegou e logo após o cirurgião, os quais com alguns criados nos arrancaram à força do terrível espetáculo. Teresa viveu todos aqueles dias em um silêncio mortal entre o luto dos seus. – À noite, fui me arrastando atrás do cadáver, que foi enterrado por três trabalhadores sobre o monte dos pinheiros.*

# NOTAS*

1 "Os camponeses o chamam de sino do *De Profundis,* porque quando ele toca se costuma recitar este salmo pelas almas dos antepassados."

2 "O fortunati! E ciascuno era certo/ Della sua sepoltura; ed ancor nullo/ Era, per Francia, talamo deserto." Dante, Paraíso, XV, versos 118-120. Tradução de José Pedro Xavier Pinheiro.

3 "Quel Grande alla cui fama è angusto il mondo, / Per cui Laura ebbe in terra onor celesti." Vittorio Alfieri, Rime, LVIII, versos 2 e 4. Tradução própria (N. das T.).

4 "Este é um versículo da Bíblia, mas não consegui determinar de onde foi retirado".

5 "Sento l'aura mia antica, e i dolci colli / veggo apparir." Petrarca, Rime, CCCXX, versos 1 e 2. Tradução de Andréia Guerini e Karine Simoni (N. das T.).

6 "Che le lagrime mie si spargan sole." Petrarca, Rime, XVIII, verso 14. Tradução própria (N. das T.).

7 "Che mi fu tolta, e il modo ancor m'offende." Dante, Inferno, V, verso 102. Tradução de José Pedro Xavier Pinheiro (N. das T.).

8 "Come sa di sale / Lo pane altrui." Dante, Paraíso, XVII, versos 58 e 59. Tradução de José Pedro Xavier Pinheiro (N. das T.).

9 Manual de Epicteto, XXII.

10 Regum Lib., II, cap. XII, 4.

11 "Precipitoso / Già mi sarei fra gl'inimici ferri/ Scagliato io da gran tempo; avrei già tronca / Così la vita orribile ch'io vivo." Tradução própria (N. das T.).

12 Êxodo 20:5.

13 Malaquias 3:3.

14 "O leitor conhecerá, em uma carta datada de 14 de março, a razão desse remorso que surge tantas vezes por causa do segredo do mísero jovem."

15 "Primeiro esta história me pareceu exagerada pela fantasia consternada de Jacopo; depois descobri que na República Cisalpina não havia código criminal. Os julgamentos tinham por base as leis dos governos derrubados; e em Bolonha havia os decretos férreos dos Cardeais, que ameaçavam com a morte qualquer autor de furto qualificado que ultrapassasse as cinquenta e duas liras. Contudo, os Cardeais quase sempre atenuavam a pena, o que não podia ser concedido aos tribunais da República, executores necessariamente inflexíveis da legislação. Por isso tantas vezes a Justiça impassível é mais funesta do que a Equidade arbitrária."

16 "Veja a carta de 14 de março."

17 "Dante alude a esta batalha no Canto X do Inferno; talvez aqueles versos tenham levado Ortis a visitar Monteaperto. O leitor, no entanto, poderá retirar amplas informações a respeito nas crônicas de G. Villani, livro IV, 83."

18 "Esta exclamação de Ortis deve referir-se a Tácito: 'Coceio Nerva, dedicado ao príncipe, erudito em todas as razões humanas e divinas, favorecido pela sorte e pela vida, determinou-se a morrer. Tibério soube e o interrogou, rogando-lhe e até confessando que o atingiriam remorsos e máculas se o amigo íntimo, sem razão alguma, tirasse a própria vida. Nerva enraiveceu-se com o discurso; na verdade, absteve-se de qualquer alimento. Quem o conhecia dizia que ele, tendo visto de perto os males da república, por ira e suspeita, quis, uma vez que era inocente e ainda não fora infectado, morrer honestamente.' An. VI."

19 "Novi tormenti e novi tormentati." Dante, Inferno, VI, verso 4. Tradução de José Pedro Xavier Pinheiro (N. das T.).

20 "Pode-se dizer, pelo contexto, que o trecho seguinte a este, ainda que esteja sem data, em outra folha e por acaso fora da sequência das cartas, foi escrito na mesma cidade e no dia seguinte, para ser adicionado à história."
21 "Autor de poesias campestres."
22 "Chi siete voi?... Chi d'aura aperta e pura / Qui favellò?... Questa? è caligin densa; / Tenebre sono; ombra di morte... Oh mira; / Più mi t'accosta; il vedi? Il Sol d'intorno / Cinto ha di sangue ghirlanda funesta... / Odi tu canto di sinistri augelli? / Lugubre un pianto sull'aere si spande / Che me percote, e a lagrimar mi sforza... / Ma che? Voi pur, voi pur piangete?..." Vittorio Alfieri, *Saul*, 1782. Tradução própria (N. das T.).
23 "Non diedi a voi per anco / Del mio coraggio prova: ei pur fia pari/ Al dolor mio." Tradução própria (N. das T.).
24 "Non so; ma forse / Tu starai in terra senza me gran tempo." Petrarca, *Triumphus Mortis*, II, versos 189 e 190. Tradução própria (N. das T.).
25 "A carta de Florença, 7 de setembro."
26 "Libertà va cercando ch'è sì cara." Dante, Purgatório, I, verso 71. Tradução própria (N. das T.).
27 "Come sa chi per lei vita rifiuta." Dante, Purgatório, I, verso 72. Tradução própria (N. das T.).

\* Salvo no caso de indicação específica, todas as notas são de Lorenzo Alderani.

Este livro foi impresso na Gráfica JPA Ltda.
Rio de Janeiro – RJ.